COSACNAIFY

Maria Pilla

Volto semana que vem

Para o amigo E. Lima esta Pilla rebelde... Leia-a. Vale a pena.

Iphaep, em 02/01/20

ANO DE XANGÔ

1953 | O quadro de Stanislau

Devastada pelos cupins, a moldura tem um estilo floreado, pesado. É um quadro estranho, feito em duas partes distintas: a madeira do fundo está coberta com uma sorte de veludo grená e sobre ele há um pequeno retângulo de metal com uma imagem de Cristo na cruz em cores densas e escuras. Há muito que a pintura no metal descascava aqui e ali. Parecia um daqueles ícones russos feitos sobre madeira. A mãe, que ficara com o quadro desde o falecimento da irmã Ana, contava que ele havia pertencido ao pai, Stanislau, o imigrante polonês do começo do século XX.

Na verdade o avô não era polonês, mas ucraniano, e mesmo sendo cristão-novo precisara atravessar o oceano para escapar dos pogroms do império russo. Na família não se falava muito nas origens do avô. Durante muito tempo nos conformamos com uma versão trivial da gênese familiar, sem lugar para tsares, menos ainda para pogroms. Mas o quadro pendurado na parede parecia contar outra história.

O avô então surgia em sonho abraçado ao quadro, à porta de um casebre de troncos de árvore. Entre meu olhar e ele se postava uma fileira de homens vestidos do mesmo modo. Trajavam calças escuras bufantes e camisas claras cravejadas de botões no ombro e na costura lateral. Tinham as cabeças cobertas com os pequenos quepes dos soldados do império. Corpo de menino, fisionomia de velho, Stanislau apertava o quadro entre os braços. Era o salvo-conduto que o trouxera à América com a família.

1976 | Prisão de Villa Devoto, Buenos Aires

O grande Gatsby não é um grande filme, mas foi minha última ida ao cinema antes da detenção. Todo fim de semana tínhamos sessão de cinema, e no sábado seguinte eu contaria esse filme. Já tínhamos escutado vários. *Profumo di donna* era o meu favorito; falava muito em odores, nossa grande carência naquele lugar. Éramos catorze num espaço retangular com beliches. Uruguaias, argentinas e eu. As "sessões" eram o que podíamos fazer de menos dispendioso para sair daquele lugar. Na cela, o calor sufocava.

Fazia poucos meses que estávamos em Villa Devoto, trazidas da província, da prisão de Olmos, nos arredores de Buenos Aires. A nova casa era imensa e com uma organização bem mais rigorosa. O pessoal da vigilância tinha mais instrução escolar. No dia da nossa chegada nos colocaram em fila durante mais de dez horas, em pé, até nos levarem para os pavilhões com as celas. Ali, em pleno verão, nos deram uniformes escuros de sarja de lã.

Na chegada, já o primeiro desafio: não podíamos vestir aquelas roupas. Os presos políticos de Devoto, sabíamos, mantinham uma longa resistência ao uso de uniforme. Era preciso ganhar tempo.

Na cela, a oficial que atendeu ao nosso chamado arregalou os olhos: cada uma de nós tinha nas mãos um uniforme completamente descosturado. "Veja, senhora, queremos ajustá-los, poderia conseguir-nos agulha e linha, por favor?"

Recebemos um par de agulhas e um pouco de linha, com a ordem de vestir os uniformes para a próxima contagem de presos. Na madrugada seguinte uma fileira de presas enfiadas em uniformes com mangas e pernas descosturadas e coletes mal alinhavados se perfilava ao lado das camas para a contagem. Ouvimos então um reboliço no fundo do corredor, os guardas se afastavam, soou a voz trovejante do diretor: "*Afuera! Afuera!*". Galíndez exalava autoridade; não se comovia com nossas vozes de sopranos chorosas. Entrou na cela e, numa ordem medonha, mandou que todas saíssemos e o seguíssemos, posicionando-se à frente da fileira dupla de presas vestidas com os uniformes desfeitos. Na metade do corredor escuro, diante de um policial, mandou aos berros que acendessem as luzes e, cedendo o passo às presas, fechou com estardalhaço a porta de grades assim que as últimas detidas entraram na grande cela vazia. Ao dar de cara com a parede, o grupo deu meia-volta, deparando com o diretor em posição de sentido. "*Ustedes son duras como el roble, pero yo las doblegaré. Acá no es difícil hacer un preso desaparecer. Tienen orden, escuchen bien, OR-DEN, de vestir los uniformes.*"

"*Señor Galíndez, señor Galíndez*", a voz fina de Estela, nossa delegada, a uns passos do diretor, explicava: os uniformes estavam muito folgados, por isso havíamos decidido ajustá-los. A um outro berro do homem, a porta foi reaberta e fomos mandadas de volta para a cela sem recreio, visitas ou correspondência.

Apesar dos numerosos castigos individuais e coletivos, nos meses que se seguiram as presas políticas de Devoto jamais vestiram uniforme algum.

1975 | Prisão de Olmos. María Rosa

Isabel Martínez, viúva de Perón, mandava na Casa Rosada. Em fins de 1975 ela entregou aos militares o controle das penitenciárias. Derramando suas estrelas por todos os espaços da pátria, os militares preparavam o golpe de 1976. No final de 1975, essa mudança nos rumos do governo civil argentino foi vivida por nós como um terremoto.

Ainda estávamos em Olmos, e sabíamos da comissão de militares que percorria os presídios para atualizar – eufemismo para renovadas violências – os dossiês dos presos políticos. Isso significava, possivelmente, novos interrogatórios, novos constrangimentos e, quem sabe?, novas torturas. A espera pela comissão foi uma agonia. Além dos dilemas individuais de como responder a tal ou qual pergunta ardilosa – os dossiês eram estabelecidos com base em informações policiais –, era preciso remendar os esgarçamentos do medo. María Rosa perdia pouco a pouco a noção do que estava por vir. Prevenia-nos: "Conto tudo!", ainda que não houvesse nada a ser contado. Ela chegara poucos meses antes a Olmos, de maneira teatral. Estávamos na cela-refeitório quando vimos entrar chorando uma jovem loira, esguia, com hematomas no rosto. Entre reclamações e soluços, falou dos choques elétricos, do submarino, dos espancamentos. Ela e o noivo tinham sido detidos num ônibus, na grande Buenos Aires. Os panfletos encontrados em sua bolsa foram postos ali pela polícia, mas isso não entrava na cabeça dela. "*Tsc, tsc, tsc*", estalava a língua, dizendo que a polícia jamais faria uma coisa dessas, aquilo só podia ser obra do noivo, militante *montonero*.

1975 | Olmos. Cachita

Salão amplo, vazio, quase nada de luz, a comissão se instalou ao fundo, numa mesa comprida. Sentados, os militares graduados: uniformes e condecorações. Atrás, em pé, *los hombres de los servicios*, de roupa preta e óculos escuros. Nas mãos, as fichas policiais.

Desnaturada era a mãe que não denunciava o filho. Ela, Cachita, não denunciara. Dois segredos guardou com unhas e dentes: a idade e o endereço do filho, militante da organização peronista Montoneros. Foi detida em casa.

"O senhor pode, por favor, guardar a minha dentadura?"

"E por que eu faria isso?"

"Vocês fazem as pessoas sofrerem... Nesse caso eu vou gritar, e a dentadura pode cair no chão e quebrar. Os senhores com certeza não vão me pagar outra nova, não é ?"

Com os olhos envolvia o policial, querendo imaginar sua reação. Já calculava o custo de uma dentadura nova. *No, no, no, muy cara*, pensava, impossível outro desfalque na sua mirrada *jubilación*. Acabou irritando o homem com sua impertinência, de modo que ele a empurrou para o camburão. No caminho, pararam para encenar o fuzilamento de Cachita. Depois ela seguiu para a prisão de Olmos.

Pouco depois, o filho foi morto num enfrentamento com a polícia. Permitiram que ela fosse, escoltada, ao velório dele.

Cachita faleceu em Buenos Aires ao voltar do exílio. Tinha noventa anos.

2010 | O centro clandestino de detenção Atlético

De longe, o lugar era desolado: uma inóspita paisagem urbana com uma autopista de concreto elevando-se do solo. Caminhar até o local não demorou. Os grandes olhos de Julia ficaram úmidos. Dos seus três irmãos ainda desaparecidos, dois, Eduardo e Ana María, haviam estado naquele lugar, o Clube Atlético, um dos campos de confinamento de desaparecidos. O que víamos ali era uma escavação de tipo arqueológico, toda ela cercada, a terra cinza-escura revirada para mostrar as celas, os banheiros, as salas de tortura.

Numa das rampas laterais de terra cinzenta da autopista, parentes de desaparecidos haviam desenhado o contorno de uma figura humana com latinhas de óleo cru. Em datas importantes, o óleo era aceso para que de longe se visse a "silhueta" – como passou a ser conhecido aquele lugar de memória. No local, numa placa de madeira fixada em toras de eucalipto, dezenas de fotos mostravam os rostos dos que haviam estado entre aqueles muros.

Essa dor tão íntima e tão pública não se divide com qualquer um. Julia passava a mão pequena com veios azuis na tela de arame, provocando um leve tilintar do metal. Acima de nossas cabeças, o concreto da autopista tapava o céu.

1971 | *El Gran Acuerdo Nacional*

No final de 1971, foi pela rota chilena que entrei na Argentina. Menos arriscado. Certamente um caminho mais longo e uma marcha à ré na história: saía de um país com um governo civil recém-eleito para outro em plena ditadura militar.

O general Lanusse começava a ensaiar os primeiros passos do *Gran Acuerdo Nacional*, nome pomposo para o processo de devolução do governo aos civis. Em 1969, o Cordobaço irradiava os bombos peronistas pelo país, pedindo a volta do caudilho. Daí em diante, nada mais ficou no lugar. Padres, sindicalistas, advogados, a lista dos assassinados crescia. Lanusse dava a impressão de ser um homem taciturno e arrogante perdido naquele caos.

Em Madri, Perón recebia mensageiros. Negociações sem fim tramavam um novo país, e ele, o líder, recebia a todos, exibindo nos olhos a habilidade cruel dos negociadores. Tempos depois, numa tarde fria e cinzenta de inverno, o general Juan Domingos Perón pisaria nas terras úmidas da pátria.

1980 | Verão portenho em Montmartre

O cadáver era de um jovem, morto dentro do ônibus. Anos depois, em Paris, Julia relembrou aquele dia em Buenos Aires. Cinco ou seis militantes do Exército Revolucionário do Povo* da zona sul de Buenos Aires desarmando um guarda dentro do coletivo. Um policial, viajando como passageiro, sacou a arma. O companheiro de Julia não teve tempo de reagir. Caiu, atingido no peito. Ela não chorara na ocasião. Mas agora, passado muito tempo desde aquele verão, seu corpo franzino estremecia num soluço. Era quase sempre assim. Por isso apreciávamos um silêncio tácito entre nós. O corpo dele seguira num automóvel de apoio à ação armada. Não houve velório, não houve oração nem flores. A vítima precisava sumir. Julia não enterrara seu morto, que retornava de vez em quando.

Em 1971, no quarto do hotel em Buenos Aires, eu lia e relia a notícia da morte de um jovem militante do ERP num ônibus. Acabara de chegar da Europa, via Chile, para militar naquela organização, sem imaginar como minha vida estaria soldada aos personagens dessa história. Muitos laços se criariam entre nós, dos da militância aos afetivos. Tudo isso lembrávamos em Montmartre, olhando a luz da tarde nos telhados daquele antigo bairro operário. Era o verão de 1980 e Julia remexia com a ponta do sapato o areão da praça.

* Ejercito Revolucionario del Pueblo, estrutura militar do Partido Revolucionario de los Trabajadores.

1973 | Florêncio Varela. Expulsão do PRT

Amanhecia quando desci do ônibus na parada de Florêncio Varela. Tinha encontro com Martín, o coordenador militar da Regional Sul do ERP de Buenos Aires. Era um lugar deserto, povoado aqui e acolá por casinhas de classe média com o indefectível terraço onde penduravam roupas para secar. Lá estava ele, do outro lado do asfalto, vestindo gabardine. Esperei o ônibus seguir para atravessar.

Parecia não ter pressa, mas despejou palavras amontoadas, ríspidas: vinha me informar que eu e meus companheiros brasileiros acabávamos de ser expulsos do PRT. Senti medo com aquela sentença: como ignorar o tosco espírito de revanche tão presente em nossa cultura sul-americana?

Voltei o mais depressa que pude para a parada de ônibus, sem olhar para trás, sem querer encarar o companheiro até há pouco fraterno.

Nossa organização estava reunida no quarto do apartamento de Célia quando cheguei com o recado. Houve surpresa, indignação, e não tínhamos para onde ir.

1954 | 24 de agosto

Estava com febre e coceiras pelo corpo. Varicela, disse o médico, dr. Enio Pilla, de sorriso aberto, vozeirão, um homem bonito que entrava pela casa escancarando portas e janelas, enxotando as doenças.

Vinte e quatro de agosto é o dia do meu aniversário. Eu ali, na cama, debaixo dos acolchoados, sem poder falar com as outras crianças. Acordada, me revirava entre os cobertores naquela manhã de inverno. Foi quando a vizinha chamou a mãe e avisou aos gritos que Getúlio se suicidara e que havia um quebra-quebra no centro da cidade. A mãe ficou esbaforida por causa do pai (no andar inferior ao do escritório dele ficava a sede do Partido Libertador, do nosso primo Raul Pilla, todos contrários ao caudilho). Foi à casa do outro vizinho pedir para usar o telefone. Voltou mais agitada, quase chorando. O telefone do pai não respondia, e o vizinho dizia que muitos edifícios no centro de Porto Alegre estavam pegando fogo. Se eu não estivesse ali, presa à cama, a mãe teria ido buscar o pai com seus pés e mãos. Então, acho que sem querer eu talvez tenha salvado a vida dela. Ninguém morreu naquele dia, mas é um pensamento confortador para uma filha ter.

A manhã foi indo a passo de lesma, a mãe sentou na beirada da minha cama e olhava para o chão, a cabeça meio caída, fungando de vez em quando. Meu corpo desmilinguido estava dominado por uma bola que subia e descia. Eu não queria olhar para ela e ver lágrimas. Ver a mãe chorar dava muito medo. Ô manhã tartarugosa. Não andava.

Barulho na fechadura. Saltamos as duas. Me enrolei no cobertor a tempo de ver o pai entrando com a roupa toda chamuscada, parecia um carvão. A mãe foi firme na direção dele. Ficaram ali, abraçados.

O pai sentou na poltrona, acendeu o cigarro e teve um violento acesso de tosse. A vizinha começou a gritar no muro querendo notícias. A mãe correu à janela para avisar que o pai estava em casa, todo queimado, as roupas em frangalhos. Dissera que havia descido três andares pelas escadas em chamas. Houve fogo na sede do Partido Libertador. A vizinha veio e ajudou a mãe a deitar o pai na cama, as duas limparam as feridas do rosto dele e aplicaram uma pomada amarela, picrato. Milagrosa. Difícil de encontrar.

Todo amarelo, todo encarvoado, o pai dormiu assim mesmo. A gente não sabia o que fazer. A mãe ligou o rádio. Havia esquecido, na afobação. Falavam de quebra-quebra na Salgado Filho, na rua da Praia, parece que jogavam pelas janelas dos escritórios os móveis e máquinas de escrever. Era tudo muito confuso. Os jornalistas do rádio, naquela situação, pareciam estar irradiando uma partida de futebol e não o suicídio do chefe da nação, falavam aos gritos, sem acertar as ideias.

Alguns dias depois o irmão do pai, o único na família que tinha automóvel, veio à nossa casa e nos levou para ver os destroços. Eu continuava com febre alta. O que vimos foi demais para nossa sensibilidade. Em certos lugares os móveis ainda fumegavam. Os escombros eram altos; as cadeiras, retorcidas, folhas e mais folhas de papel ardiam pelo chão. Olhando para o alto, víamos algumas paredes enegrecidas, portas derrubadas com fúria.

Naqueles dias dos meus oito anos, Getúlio enveredou para a eternidade enfrascado num pijama listado.

1970 | Volto semana que vem

"Ué, guria, pra onde tu vai?"

O pai vestia um pijama claro, estava em pé na cozinha. Eu deveria sair por uns dias. Quis exagerar para não assustar, se demorasse mais que o previsto. Uma semana e estaria de volta. Poxa, tanto tempo assim? É. Mando notícias.

Mais de dez anos se passaram até eu voltar àquela cozinha.

Costa e Silva assinara o AI-5. O congresso clandestino da UNE, União Nacional de Estudantes, em Ibiúna, caíra. Resultado, comentavam, da indiscrição de um dono de armazém intrigado com a compra de mil pãezinhos naquele lugarejo modesto.

Muito trabalho tinha dado fazer chegar mais de setecentos delegados vindos de todas as partes do país a uma localidade rural de São Paulo sem chamar a atenção da polícia, em polvorosa para impedir a realização do encontro. O congresso clandestino da UNE era o resultado de uma organização estafante. O processo tivera início com a realização de congressos locais, onde eram escolhidos delegados que posteriormente compareciam a um ponto de encontro em São Paulo. Dali, depois de identificados por senhas, esses delegados haviam sido transportados ao local do congresso nacional.

Porto Alegre fez seus pré-congressos em porões úmidos de igrejas, com dezenas de delegados reunidos em vários fins de semana. Dormia-se onde houvesse espaço. O chão era úmido, de terra batida. Na igreja, os padres rezavam as missas, depois davam uma espiada nos subterrâneos lotados, sentavam-se entre os delegados. Eram pessoas cultas, alegres, conversadeiras e solidárias. Dos campanários, vigiávamos o movimento do bairro.

1969 | Carlos Marighella. Alameda Casa Branca, São Paulo

Alberto Marighella nunca poderia ter visto, na sua Itália natal, negra tão linda quanto Maria Rita. A moça de vestido de chita colorida gostava de ver aquele branco grandalhão de olho espichado pra ela.

Grandalhão como o pai, Carlos, quem poderia imaginar?, um dia, na ditadura, seria o inimigo público número um. A carreira de confrontos do mulato começara muito tempo antes, nos dias do Estado Novo, quando fora afamado militante, procurado pela polícia, com foto nos jornais. Numa noite de verão, no fim de 1969, tinha um encontro numa gráfica na alameda Casa Branca, no Jardim Paulista, bairro tradicional de São Paulo. Não chegou a descer do automóvel. Uma chuva de balas abriu o peito do homem, que ficou caído de lado no banco do fusca. Quando os fotógrafos dos jornais chegaram, um filete de sangue lhe escorria pelo canto da boca.

Carlos Marighella, dizem, começou suas andanças carcerárias por causa de um poema. Um poema certamente debochado, que não agradava as pessoas de bem. E muito menos os quepes que assolavam o país.

1971 | Operação Bandeirantes, São Paulo

A mulher que atendeu a porta era uma senhora ainda jovem. O homem de rosto inexpressivo entrou na sala. "Sim, sou a mãe dele, e o senhor?" Não vinha ao caso, ele estava ali para dizer que o filho dela se suicidara, havia se jogado debaixo das rodas de um caminhão. Foi logo avisando que trazia o corpo num caixão lacrado para que ela não ficasse chocada com os ferimentos do menino, arrastado pelo caminhão de carga. Dona Iracema procurou o apoio da poltrona para dobrar o corpo, queria o conforto das entranhas. Fazia poucos dias que o filho saíra por aquela porta levado por policiais. Disseram que ele voltaria logo, coisa de rotina. Dona Iracema esperara impaciente pelo filho, até o homem chegar com a notícia brutal.

Ela não acreditava que seu menino tivesse se jogado debaixo de um caminhão, na estrada. Havia algo de muito errado naquela história, o coração de mãe de dona Iracema insistia. O homem girou nos calcanhares e ela ouviu os passos cadenciados no corredor, afastando-se de sua casa.

Os cabelos da senhora ficaram brancos, seu corpo foi perdendo o prumo, e a partir daquele dia dona Iracema foi uma mãe brasileira em busca da justiça que tarda.

Nunca entendeu como é possível um jovem de vinte e três anos ser morto por causa de seus ideais.

1975 | O telefone de Devoto

A transferência de uma prisão para outra é uma comoção. Perdem-se objetos e pessoas. Vindas de Córdoba, elas tentavam localizar familiares detidos. Primeira coisa a fazer: marcar audiência com Galíndez, o todo-poderoso chefe da prisão de Devoto. O engalanado diretor escutou impaciente a reclamação. Empurrou os papéis sobre a escrivaninha e mandou aquelas moças assustadas falarem com as colegas de cela com acesso ao "telefone" para descobrir o paradeiro da família.

O "telefone" era uma invenção brilhante dos presos argentinos. Os banheiros turcos eram a tecnologia que enriquecia a vida ao oferecer um primoroso sistema alternativo de informações. O vaso escolhido como telefone não tinha, é claro, outro uso. Retirava-se dele toda a água para alcançar com o rosto o início do encanamento que subia até a metade da parede para em seguida mergulhar no cimento e chegar ao andar superior. Devoto tinha quatro andares, e em cada um centenas de presos vindos de todas as partes do país.

1976 | Miguel Hernández, poeta de España

A maneira atabalhoada como o sistema repressor lidou com as presas perigosas que nós éramos deu-nos o grande benefício da convivência diária.

Por aquela época, Joan Manuel Serrat cantava versos da Guerra Civil Espanhola. Miguel Hernández foi um poeta espanhol jovem e republicano preso logo no início da guerra civil. Para a mulher, que reclamava da fome e de ter apenas cebolas para comer com o filho de colo, ele escreveu "Nanas de la cebolla", a canção de ninar da cebola.

Com o leite dessas cebolas de España, nós, reféns da ditadura argentina, também aprendemos a temperar nossa espera. Relembro, incompleto e fora de ordem, o poema de Miguel Hernández e a canção de Joan Manoel Serrat:

La cebolla es escarcha
cerrada y pobre.
Escarcha de tus días
y de mis noches.
Hambre y cebolla,
hielo negro y escarcha
grande y redonda.

En la cuna del hambre
mi niño estaba
Con sangre de cebolla
se amamantaba.
Pero tu sangre,
escharcha de azúcar,
cebolla y hambre.

Vuela niño en la doble
luna del pecho:
él, triste de cebolla,
tú satisfecho.
No te derrumbes.
No sepas lo que pasa
ni lo que ocurre.

Desperté de ser niño:
nunca despiertes.
Triste llevo la boca:
ríete siempre.

Siempre en la cuna
defendiendo la risa
pluma por pluma.

Tu risa me hace libre,
me pone alas.
Soledades me quita,
cárcel me arranca.
Boca que vuela,
corazón que en tus ojos
relampaguea.

1958 | Grupo Escolar Octavio Rocha, Partenon

Sair daquele mundo quentinho da casa para ir à escola não foi bom. O grupo escolar Octavio Rocha ocupava um sobrado malcuidado defronte ao fim da linha do bonde Portuguesa.

No primeiro dia de aula, a avó levou a neta pela mão até a calçada em frente. Soltou a mão: "Atravessa agora!". O guarda-pó estalava de tão limpo, todo engomado. Era uma estreia. Estava assustada. O pé escorregou na sandália.

A mãe abriu a porta para uma guria desgrenhada, embarrada. Não queria mais voltar ao colégio, mas a mãe – ah!, a mãe – falou que ainda dava tempo de voltar à aula. Quando cheguei, os alunos formados em fila ainda cantavam o hino nacional num pátio de terra varrido, imaculado, o orgulho da direção da escola.

1952 | Mamadeiras, fraldas, cinema, mãe

A mãe nos deu o gosto pelo cinema. Nos dias de semana ela organizava matinês comigo e a irmã. Crianças quase de colo, a mamadeira, as bolachas, as fraldas e nós íamos todas ao cinema. A mãe também gostava de filmes nacionais, do Grande Otelo, do Oscarito, do Mazzaropi. Ao lado dela nós duas esfregando as mãozinhas babadas no braço da cadeira, os olhos arregalados para a maravilha da tela. De volta a casa, só pensávamos em fazer como nos filmes. Os mocinhos correndo, os terremotos sacudindo os brinquedos, a Sininho voando com o pó de pirlimpimpim. Foi assim que um dia a irmã despencou da pereira do pátio e quebrou o braço. A criançada gritando e agitando as mãos, ela desabando da árvore. A brincadeira custou chineladas e castigo.

Nos bairros, nas tardes de domingo, as calçadas dos cinemas eram uma festa, cheias de cartazes e de gente. A mãe nos levava às matinês dos cinemas Brasil e Miramar, no fim da linha do bonde Partenon.

Eles adoravam cinema, meus pais. Iam abraçados feito namorados assistir às fitas que estreavam na cidade.

1963 | *Open house*. Walnut Hills High School

Nos fins de semana a festa era a *open house* da escola. Um quadrado compacto de jovens fazia em sincronia uma dança ritmada por palmas e golpes de calcanhar no assoalho de madeira, inundado por uma iluminação quase feérica. Em 1963, as escolas abriam suas portas para as festas dos alunos. Era a ideia deles lá nos States para lidar com a adrenalina e os hormônios da moçada adolescente.

No meu primeiro fim de semana nos Estados Unidos, cheguei à festa com minhas futuras colegas de sala. Subindo aos pulos a escadaria da fachada monumental de Walnut Hills, nos dirigimos imediatamente ao balcão. Alguém pediu a bebida da festa, uma mini caixinha de leite. Embotada por tudo quanto via e ouvia, deixei-me levar por um colega em direção ao quadrado de dançarinos. Uma coreografia de passos complicados e rodopios que parecia um balé da Broadway: essa foi uma experiência única de dança coletiva. O colega dançarino foi um companheiro de aula e bailados durante aquele ano. O ritmo, as danças complicadas, a batida forte dos instrumentos, o flerte fácil – tudo isso fazia das *open houses* o meu lazer predileto. Havia algumas regras, mas ali, muito antes do maio francês de 1968, valia o "proibido proibir", ainda que do jeito puritano deles.

1971 | Paris. Centenário da Comuna de Paris

"Tu te souviens, Ernest, en 45? Combien on était?"

O homem de cabelos brancos fez um muxoxo. Ao lado, o velhinho desgrenhado, chumaços de cabelo ao vento no cocoruto liso, não se abalou e continuou, dizendo que eram *"Une cinquantaine, même pas... Maintenant, nous sommes dix mille, Ernest, dix mille..."* E sua cabeça flutuava suavemente, como o vento que soprava de leve anunciando chuva.

Michel Lequenne era o velhinho desgrenhado, um intelectual trotskista da velha guarda que atravessara o período anterior e o da guerra, quando os militantes não passavam de um punhado. O outro era Ernest Mandel, chefe da VIª Internacional, um belga grandalhão, de olhar manso. Dois dinossauros da militância histórica do trotskismo europeu mantinham aquela conversa de botequim empoleirados, como eu, numa das muretas laterais do portão de entrada do cemitério Père-Lachaise, aberto para deixar entrar os militantes da VIª Internacional que vinham comemorar o Centenário da Comuna de Paris. Andando pelas alamedas sinuosas, as pessoas passavam pelos túmulos de personalidades famosas antes de chegar ao Muro dos Federados, onde muitos *communards* foram fuzilados.

Na Rue du Chemin Vert, o cemitério Père-Lachaise não estava muito distante do palco real dos acontecimentos mais marcantes das jornadas de 1871 – os da Rue des Rosiers, hoje em pleno Marais.

A Rue des Rosiers é vizinha de uma fabulosa casa de chá. No extremo frio do norte, lá está o salão com as paredes cobertas de folhas secas de palmeira e bananeira, mesas e cadeiras de bambu da Índia, garçons e garçonetes trajando elegantes e ligeiros trajes do mais fino linho cru. No cardápio, uma variedade de chás do mundo. Origem, cores, sabores, perfumes. Contíguo ao salão, um mostruário oferece ao comprador uma requintada variedade de ervas. O odor dos chás parece ter estado ali por séculos, de tão forte, tão marcante ao olfato. Em Paris, é um lugar a visitar. Marriage, o nome da casa de chá.

1980 | Raymond Molinier, um rebelde

Raymond Molinier foi colaborador de Leon Trótsky e personagem polêmico da esquerda francesa. Passou a infância no bairro parisiense do Sentier, local onde se ergueram forcas na Idade Média. Militou no Partido Comunista francês até a guerra embolar sua vida.

Gostava de lembrar como fora parar na Inglaterra no começo da Segunda Guerra com um passaporte britânico sem falar inglês. Com documentos falsos, conseguiu engajar-se nas Forces Belges Libres, a organização armada dos belgas que não aceitaram a rendição do país e continuaram a luta contra Hitler. Enviado por esse grupo a Lisboa, o *Viejo* organizou um circo para dar cobertura aos militantes trotskistas perseguidos nas zonas ocupadas. Misturados aos artistas do circo, esses militantes conseguiram escapar da Europa, indo de cidade em cidade com seus espetáculos.

Quase centenário, Molinier entra no Café du Châtelet, em Paris, arrastando os pés. Tinha o hábito dos cafés, onde sempre fizera sua militância. Não teve uma vida fácil: roçou todos os totalitarismos, de direita e de esquerda também. Foi, além disso, um sedutor. Sua jovem companheira, Elizabeth, desapareceu em Buenos Aires e ele teve de voltar à França. Nunca abandonou o tom conspirativo, o olhar de soslaio, e nem o sonho de refazer a velha Oposição de Esquerda de Trótski na União Soviética. Molinier era a versão de calças da *Vieille Dame indigne*, o belo filme dos anos 60.

1967 | Centro acadêmico, Faculdade de Filosofia. Marcão. Che

O sol estava a pino quando cheguei à entrada do Centro Acadêmico Franklin Delano Roosevelt, centro da política estudantil na Universidade Federal do Rio Grande do Sul naquele início de governo militar.

"Não queres ir a uma reunião do Partidão hoje?" Cara bonita, olhar maroto, Sulbrasil tinha nome exótico, mas jeito de pessoa bem normal. Sua pergunta mudou meu rumo naquele verão brilhante de luz.

Eu era mais normal ainda que ele. Tocava violão, tinha namorado e amigos boêmios. À noite cantávamos Lupicínio, Noel, e a turma recente da bossa nova. Eu era bicho do jornalismo, ali no prédio da filô, onde tudo acontecia.

Queria aprender a tocar violão. Um violão bonito demais, presente dos pais. Era um violão *handmade* por Alberto Salmerón, artesão paraguaio vizinho nosso no Partenon. "A menina dispõe de quanto para seu violão?" Depois ele falou que por aquele valor me faria um belo instrumento.

Era a reunião de pessoas que discordavam das diretivas do Partido Comunista Brasileiro: ali se gestava a Dissidência do Rio Grande do Sul. Entrei em cheio em algo que mudava. Era o debate político mais arrebatador daqueles anos. Um punhado de jovens militantes contestava frontalmente a autoridade e as posições políticas de um partido tradicional povoado de figuras míticas. Chamavam-nos depreciativamente "os jovens". Seguíamos em frente passando por cima de tudo: não queríamos uma vida como a deles, nossos pais. Queríamos tudo, e tudo em excesso. A vida, o amor, a política, a aventura, o mundo.

Um mundo que fosse bem melhor do que aquele. É claro que não sabíamos exatamente como era o sonho. O sonho e seus rebeldes se fizeram naqueles anos do extraordinário que havia virado cotidiano. Modelos não nos faltavam.

No jornalismo, o modelo estava bem longe da universidade.

Pela mão de um jovem jornalista do Bom Fim, Marcos Faerman, o real maravilhoso da literatura entrava em nossas conversas com os mesmos direitos que Ho Chi Minh e a guerra do Vietnã. Na Universitária, a livraria do Flávio, nos encontrávamos para compartilhar euforia e medo, a *Revista Civilização Brasileira*, a *nouvelle vague*, o cinema novo, o congresso da UNE.

Para minha geração, a italiana Oriana Fallaci fazia um jornalismo exemplar. Suas entrevistas estavam longe do que hoje chamam entrevista. Oriana era uma mulher inteligente, que não dava trégua ao entrevistado, surpreendendo-o nas contradições, nas hipocrisias, nas frases feitas. Não se escondia atrás de uma fantasiosa objetividade.

Ficou célebre sua entrevista com Yasser Arafat, no auge como líder palestino. Anos depois, foi a vez do general argentino Galtieri, o da guerra das Malvinas. Oriana fazia o que as escolas não ensinam mais e que o velho e bom jornalismo sempre fez: tomava partido.

1975 | *Alice*. Buenos Aires

Vinha no ônibus lendo *Alice*. Quando ela atravessa o espelho, desci na esquina da Córdoba com a Medrano.

Passei pelos buracos da calçada em obras: estava diante da entrada do edifício. Apoiei o ombro no granito da parede enquanto comprimia a campainha. Continuava lendo. Ainda sem descolar a atenção do livro, ouvi o ruído do elevador chegando ao térreo. A porta do prédio se abriu e quase aproveitei para entrar, mas não consegui desgrudar o corpo da parede. Senti na nuca o metal frio da arma. Percebi o hálito áspero do homem mandando eu ficar quieta. O que faz aqui? Como se chama? As perguntas vinham sem pausas. Senti um frio na barriga, a cabeça incomodamente remexendo a ideia de estar sendo presa. Não sentia nada, era um grande vazio de ideias. Quieta.

Os dois homens me imobilizavam contra a parede querendo saber por que eu tocara a campainha daquele apartamento. Aos poucos o sangue voltou a circular. Reclamei que precisava ir ao banheiro. Devo ter mencionado a casa do zelador do prédio, porque eles apertavam meu pescoço com o cano da arma querendo saber por que a casa do zelador. Eu vira a porta da casa dele no fundo do corredor. Um dos homens abriu a porta do edifício e me empurrou para dentro.

O zelador já estava diante da sua porta escancarada. Mal me olhou. Entrei, vi na sala uma senhora com cara de medo escapulir pelo corredor.

Enveredei pela esquerda e vi o banheiro, na penumbra da tarde. Quando ia fechar a porta, a voz ordenou que deixasse a porta aberta. Senhor! Como posso ir ao banheiro com a porta aberta, diante de homens?! A voz ficou mais branda. Está bem, deixe encostada, mas não tranque. Empurrei o máximo que pude a porta empenada e já tirava da bolsa o rolo de papel A4 com meu texto sobre o stalinismo. Aquela papelada tinha de sumir. Não sabia como fazer. No vaso? Melhor não. No ralo da pia! Comecei a forçar algumas folhas que não desciam. Tentei engolir o papel, mas o medo seca a saliva. Impossível. Simulei vômitos escandalosos para ir rasgando o papel e afundando com a mão no vaso. Quando puxei a descarga pela primeira vez, e em seguida mais outra, um dos homens bateu na porta empenada e gritou para eu não fazer aquilo. Enfiei no ralo da pia todo o papel que entrou. Não conseguia sair dali, estava sem ar, com muito medo. Recuperei o fôlego. Não pensava. Ouvi a voz do zelador, "*Señora, señora, por favor, tiene que irse*". Eu já não aguentava a tensão concentrada naquela porta do banheiro. Saí arrastando a bolsa pelo chão, cara de enjoo. Estavam me levando dali, e foi um alívio ver o automóvel da polícia de Buenos

Aires com os uniformes azuis-escuros dos policiais. Não parecia ser um sequestro dos paramilitares do AAA.* Tempos ruins aqueles em que ser preso pela polícia era o que de melhor podia acontecer a um militante em Buenos Aires.

Na delegacia, fui posta diante de um guarda com uma máquina de escrever, uma Remington antiga que mais parecia um escaravelho de ferro escuro. Os olhos inquietos do guarda iam do meu passaporte, com aquele nome difícil, para o teclado, as mãos gordas e peludas apoiadas na borda da mesa. Depois de uma eternidade, levantou a mão direita e bateu com força numa tecla. A haste de metal clicou no papel e voltou em silêncio para seu lugar. Levantou o passaporte e nele grudou a ponta do nariz lustroso. Quando abandonou o documento no tampo da mesa, levantou novamente o dedo indicador da mão direita, deixando-o cair com força numa tecla. A haste repetiu o movimento anterior. O tempo passava lento, gotas de suor desciam do cabelo raspado do homem, que com a ponta dos dedos nervosos espantava aquela água, impaciente.

O desfecho chegou de surpresa: ele se levantou, afastou um pouco a cadeira e falou entre dentes para eu mesma escrever meu nome. Sentei no lugar dele e olhei para a balbúrdia da delegacia. Nin-

* Alianza Anticomunista Argentina.

guém reparara. Comecei a datilografar meu falso e complicado nome no formulário policial.

1973 | Fabiolo. Faculdade de Arquitetura de La Plata

Os plátanos sombreando as calçadas, a cidade universitária de La Plata ficava eufórica no verão. Ainda faltavam duas semanas de campanha para as eleições no centro acadêmico da faculdade de arquitetura, um prédio construído ao redor de uma praça mais elevada que o solo, gramada e arborizada, separada das salas de aula por uma valeta.

Ninguém prestou atenção no grupo de jovens a esgueirar-se para o outro lado da valeta. Das grandes sacolas negras retiravam fuzis, pistolas automáticas e metralhadoras, que foram dispondo pelo chão da praça elevada até todos se posicionarem. A uma ordem, empunharam as armas e começaram a atirar na direção dos alunos e professores que, naquele horário de recreio, lotavam principalmente o bar. A vidraça que fazia as vezes de parede do bar pulverizou-se ao primeiro impacto. Dentro, as pessoas correram para trás do balcão. Os outros, fora, atiraram-se ao chão com balas zunindo rente aos cabelos. Horas depois, com a partida dos atiradores, o cheiro acre da pólvora, os estilhaços dos móveis e paredes, um ou outro sapato esquecido no chão, o local estava um caos. Gemidos partiam das salas de aula. Mortos não houve, mas como não gemer diante daquele prenúncio do que viria?

Era um sinal da empedernida oligarquia argentina diante das mudanças no país. Sem ter como represar essas mudanças, em desatino, saía de arma em punho fazendo o que o desvario lhe ditava, mesmo infringindo seus próprios mandamentos vagamente republicanos e nebulosamente religiosos. No arrepio das leis que havia criado e sem nenhum tipo de piedade pelo próximo, sequestrou, roubou, torturou, matou. Não demoraria para que começasse a tirar do sono, no meio da noite, os militantes.

Fabiolo, Mima e a filha viviam numa área arborizada de La Plata. A luz da lua iluminou por alguns instantes o grupo de homens armados com rifles que invadiu a varanda da casa. Logo um deles bateu à porta dizendo ser da polícia. Fabiolo não conseguiu contar quantos eram os raptores: um violento empurrão jogou-o contra a parede. Mal teve tempo de olhar a esposa e a filha antes de ser arrastado até a caminhonete estacionada no meio-fio de motor ligado. Como sempre, agiam sem mandado, sem ordem escrita, apenas com gritos e pontapés para levar a vítima até a sanga seguinte da execução.

Quando Mima chegou à delegacia para identificar o corpo, viu os cabelos negros de Fabiolo empapados de sangue, o pijama claro coberto por uma mancha rubra, as mãos sem vida sobre o chão imundo. Sentiu que também era refém. Não sabia como proteger a filha pequena, ignorante da tragédia. Virou o corpo franzino para a porta e saiu para a intempérie. Teve a sensação de que a chuvarada que despencou sobre ela lhe trazia algum alívio. Trêmula de medo, entrou no táxi. Mima queria estar longe dali: ainda sentia as mãos do marido sobre a pele, ouvia a voz grave de Fabiolo num monólogo que parodiava a ginga dos malandros portenhos. Pelo retrovisor, o taxista lançava olhares furtivos para a passageira. Nem toda a água da chuva escondia a vermelhidão dos olhos, o inchaço das pálpebras da mulher. Pensou que às vezes preferia não ser taxista.

1976 | Maçãs verdes e a Noite dos Lápis

Naquela manhã de 1976, na zona norte de Buenos Aires, uma barreira do Exército mandou Norberto e seu amigo saírem da caminhonete e colocarem as mãos sobre o veículo para uma revista. Eram dez e meia da manhã. Às duas da tarde seus corpos foram encontrados na caminhonete abandonada: Norberto com sete tiros no rosto e o amigo com uma saraivada de balas no abdome. Em pouco tempo, porém, inexplicavelmente, os corpos sumiram – e por longos anos.

Em 1989 os antropólogos forenses encontraram os restos de Norberto. Só então os pais, ajudados por uma testemunha, souberam o que acontecera naquele dia.

Nos treze anos anteriores, toda sorte de gente se atravessou no caminho deles para tirar proveito da situação. À mãe, que conhecia bem os hábitos secretos do filho, vieram contar que todas as noites ele pedia ao carcereiro maçãs verdes em vez de jantar. Foi o sinal para entregarem todas as economias da família a mais um dos incontáveis larápios que bateram à sua porta. Gente que acenava com promessas de libertação imediata, extorquindo familiares cheios de esperança.

Na mesma época, pouco depois dos assassinatos, na cidade de La Plata, um batalhão do serviço de inteligência do Exército e a Polícia da Província de Buenos Aires sequestraram, torturaram e mataram estudantes do ensino médio, militantes políticos que faziam campanha pela passagem escolar de ônibus. Três adolescentes sobreviveram para contar o terror da Noite dos Lápis, como ficou conhecido o episódio em referência aos estudantes.

Inesquecíveis, esses fatos ocorridos com jovens com idade entre catorze e dezessete anos ajudaram a tecer a memória dos argentinos e a levar para o banco dos réus mandantes e executores.

Quando não estava a fim, avisava que estava doente da poluição. Morava em São Paulo.

Marcão escrevia sem parar, diagramava páginas imaginárias no tampo das mesas. Segurando um lápis, parecia um chefe de orquestra ritmando um texto, uma ideia, um desenho. Em nosso curso de jornalismo, Marcos Faerman deu algumas de suas palestras atopetadas de ideias, surpresas e reviravoltas. Marcão tinha na ponta da língua todas as alternativas para burlar a censura.

Parecia um vulcão em atividade. Já não cabia em nenhum órgão patrulhado. Fez o *Versus*, um jornal "de ideias e de política", dizia. Pioneiro da imprensa alternativa, o *Versus* era a morada da melhor literatura do continente, do melhor cinema, dos melhores jornalistas e escritores. Foi eco para o jornalista argentino Rodolfo Walsh, desaparecido em 1977 depois de escrever uma carta à Junta Militar do general Videla. Marcão e Walsh fizeram, no continente, um jornalismo que escreveu as páginas da história quando ainda estavam acontecendo. Não se camuflavam atrás de uma objetividade falsa, nem fugiam de suas responsabilidades como intelectuais de seu tempo.

1975 | *Weekends* na prisão

Nossos fins de semana na prisão foram períodos da mais completa evasão.

As presas estavam organizadas em grupos de faxina de mais ou menos dez integrantes. Uma vez por semana cada grupo fazia o trabalho pesado da limpeza e da distribuição das refeições, e no fim de semana organizava o lazer de todo o pavilhão. Do teatro aos espetáculos musicais, dos cassinos aos filmes da Metro e aos desfiles dos blocos carnavalescos, os shows levavam o conjunto das presas à grande cela transformada em auditório.

Não havia quem não participasse das atividades do pavilhão: do ateliê de trabalhos manuais saía nosso sustento para comprar selos para as cartas, cigarros, reforços alimentares. No recreio havia ginástica, e no retorno às celas aulas de línguas e alfabetização.

Depois do almoço e da sesta obrigatória havia a leitura em grupo do jornal, para que todas tivessem acesso ao único exemplar distribuído em cada pavilhão. A maioria passava o resto do tempo livre em leituras, em alguns jogos e na criação de historietas infantis escritas e desenhadas para as crianças que vinham visitar as mães.

1975 | Emilia. *Los tupas*

Emilia estudava medicina em Montevidéu. Foi presa em Buenos Aires e não entrou na lista dos uruguaios que foram jogados vivos de aviões no rio da Prata.

Emilia estava lá quando os tupamaros* libertaram um grupo grande de presas políticas que estavam numa prisão sob a responsabilidade de religiosas. A missa era ouvida pelas presas e por fiéis do bairro. Nas alas laterais da igreja, isoladas por uma grade, rezavam as presas.

Imagino o susto da dona de casa de avental manchado e chinelos gastos, orando com toda a contrição. De repente, o caminhão engata uma marcha à ré para dentro do prédio santo, espalhando ronco e fumaça no meio dos fiéis. Os bancos da igreja são empurrados, se desarrumam; em cima deles, homens com armas, como nos filmes, gritam para que ninguém se mova. De trás das grades saem as presas que oravam tristes, pulam por cima dos bancos, rostos afogueados, agitam os braços no ar como cata-ventos. Enfiam-se todas na traseira oca do caminhão, que sai em disparada para engasgar e se desgovernar na quadra seguinte.

* Militante do Movimento de Liberación Nacional Tupamaros.

Emilia e as companheiras saem desabaladas pelas ruas próximas. Ela conta que, em plena corrida, alguém estende a mão e a puxa pelo braço para dentro de uma casinha. Quando enfim se acostuma à escuridão, percebe o cômodo encardido. Uma vela quase no fim do pavio ilumina alguns negros em pé, imóveis, como numa foto. São uma família. Uruguaios de um pedaço muito antigo de seu país – "*De los cantegriles*", das favelas, esclarece. Emilia cai numa cadeira desengonçada. Seu corpo se encolhe num soluço contido. A mãe vem abraçar a moça. "Aqui você está segura. Os milicos já revistaram as casas. Parece que até agora não pegaram ninguém. Hoje você come e dorme aqui; amanhã você vai."

Ainda era noite fechada quando Emilia destrancou o ferrolho da porta de entrada e saiu para a calçada. Sem reparar na casa. Não podia saber mais nada daquela gente.

1984 | Aniversário de formatura

O convite chegou em papel especial, letra elegante. Os alunos da Walnut Hills High School haviam organizado uma espécie de *kerbfest* para comemorar os vinte anos de formatura da turma de 64. Residir e trabalhar na França facilitou o visto americano. Sendo branca, melhor ainda.

Foram quatro dias de festas organizadas para lembrar a época, os lugares, os colegas. Para o jantar de abertura, Rick Steiner organizara uma chamada dos formandos seguida da leitura, por ele, de um pequeno texto sobre a vida de cada um. Ali apareceu o caso do colega que havia trabalhado na CIA em plena guerra do Vietnã. Gritaria e assobios na plateia: tão forte foi a reação que ele não conseguiu levantar da cadeira, o rosto vermelho. O incidente, porém, em vez de arrefecer os ânimos, pareceu tornar a festa ainda mais viva. O prefeito de Cincinnati, também da turma de formandos, encerrou a noite reforçando o convite para um passeio de barco pelo rio Ohio, no dia seguinte.

Manhã alta nas barrancas do Ohio, as conversas corriam animadas. Como no primeiro dia, cada um levava na lapela um crachá com o nome sob a foto recortada do livro escolar, um jeito de fazer com que todos se reconhecessem, apesar do tempo transcorrido.

No pequeno salão do *steamboat* os casais dançavam. Sentado no espaldar do sofá, Steve contava como havia escapado do alistamento militar exilando-se na Suécia, onde casara e tivera filhos. Muitos dos alunos da Walnut Hills se exilaram para escapar da guerra do Vietnã. Don teve menos sorte: morreu no começo da escalada do presidente Johnson, pouco depois da nossa formatura.

Muitos conseguiram manter-se longe da guerra enfurnando-se nos escritórios empoeirados: moços sem serventia para o serviço militar por serem míopes, estrábicos, mancos. Por trás da esfuziante propaganda do Tio Sam havia medo, descrença. Não eram poucos os que olhavam com desconfiança para aquela guerra.

Uma família abriu a casa para uma reunião dançante. A voz potente-anasalada de Bob Dylan soava pela casa inteira, o som estridente da harmônica, o começo de uma rabeca acompanhando a melodia. Na saleta ao lado o folk de Peter, Paul & Mary:

> It's the hammer of Justice,
> It's the bell of Freedom,
> It's the song about Love between
> My brothers and my sisters,
> All over this land.

Dezessete anos e o nariz dentro da história. Na época não tínhamos como perceber a que ponto aquelas notas pacifistas estavam mudando o mundo.

2003 | A gatinha do edredom

Enfiaram um capuz na minha cabeça e me levaram. *Dios mio, que macana*, pensei para disfarçar o terror. Estava com medo de que a identidade falsa fosse descoberta? Não, nada disso. O capuz. Ele anunciava alguma coisa terrível, que eu não conseguia nem imaginar, mas que tornava irrisório todo o resto, a identidade falsa, o endereço de araque, o sotaque. De repente sentia meu corpo caindo, caindo. Ao redor, as vozes eram muitas. Mais tarde, o silêncio.

O telefone – *trim trim trim!* – não parava de tocar, e ninguém atendia. Tive uma louca esperança: e se eu avisasse alguém do meu desaparecimento? Quem sabe fosse socorrida.

Aterrorizada pelo silêncio e pelo capuz, não me mexi, continuei quieta no meu canto. *Trim trim trim!*, insistia o telefone. Virei-me debaixo do edredom e lá estavam os olhos arregalados da gatinha – como sempre fazia –, esperando minha reação. Engano, número errado, respondeu a voz. Quis abraçar o corpo quente e macio do animalzinho. Era só um pesadelo, repetia, contente da vida. Senti uma fisgada aguda no pé e levantei o edredom, agora muito sujo e com cheiro de urina. Debaixo dele, em vez da gatinha, vi meu pés manchados de sangue e estrangulados pela corda.

O cheiro: inesquecível cheiro de roupa suja misturado a um vago odor de pele queimada pelos fios desencapados.

1975, 1978 | Operação Condor. Gallego, Petiza

Imersa na penumbra, a pequena casa da vila assiste, como todos os dias, o braço do toca-discos sair lentamente do descanso, erguer-se, andar para a esquerda e descer, até tocar com suavidade os sulcos do disco. As primeiras notas de "Invierno porteño" inundam a casa, o pátio, a calçada. Empurrando os chinelos para o lado, ele avança descalço para a porta aberta do banheiro. Enfia a cabeça na pia, abre a torneira e joga uma golfada de água no rosto. Nem aquela água fria do mês de junho consegue abrir os olhos do homem que, cambaleando, volta para a cama, agora vazia. A mulher já colocava na mesinha da sala o bule do café e a jarra com leite. Atenta para o que acontece no quarto, seca as mãos no grande pano branco e o larga embolado sobre a mesa. "Gallego, vamos, levanta", diz ela, segurando a barriga de sete meses.

Ele beija a mão que ela passa sobre seus cabelos e entreabre os olhos. Seu resmungo emenda-se à letra da música e já ele abandona a cama cantarolando Piazzolla.

Quando embarca no ônibus que vai para Buenos Aires, Gallego veste o terno azul-escuro, a .45 enfiada entre o cinto e o cós da calça. Da soleira da porta, confere com um olhar rápido o interior do veículo. Dois passageiros dormem, corpos caídos sobre o banco. Ele entra e se acomoda no primeiro assento do corredor. Corpo e sentidos atentos, escruta o motorista, um *cabecita negra* de camisa puída. Descansa as costas no encosto e fita o horizonte.

Hora de trânsito congestionado. Muita fumaça entre os carros, cobertos por uma névoa de fim de primavera. Gallego é o primeiro a ver a barreira de guardas armados, os automóveis reluzentes da polícia de Buenos Aires. Imagina o equipamento de rádio conectado à Central onde estão os arquivos, as listas de procurados, as fotos. Sem pressa, posiciona-se ao lado do motorista que, surpreso com a presença incômoda do passageiro, vê a arma que ele lhe mostra. "Abra a porta, por favor", a frase é pronunciada com voz firme. Sai pela porta aberta do ônibus, esgueirando-se entre automóveis e caminhões. Logo ajusta seu mapa mental do lugar e utiliza ruas secundárias para mais adiante voltar à avenida, ultrapassada a barreira. Na parada seguinte toma outro ônibus e por fim chega à estação de Constitución.

O Tren Mixto é um clássico bar de estação ferroviária. A sala descomunal, com espelhos laterais nas paredes, tem formato de corredor. Ao fundo, os sanitários. Gallego entra no sanitário, tira a pistola da cintura e respira fundo, colocando-a no bolso do casaco. Lava as mãos suadas e se dirige a uma mesa com boa visão da sala e da rua em frente. O garçom sabe o que vai pedir: café com leite e *medialunas*.

O homem grandalhão de olhos verdes faz um giro pela sala com o olhar, senta diante de Gallego e diz: "Quando um militante é morto na França, os companheiros podem organizar um enterro-manifestação. Aqui não conseguimos nem sequer fazer um velório digno dos nossos advogados, homens de cabeça branca, com alta reputação profissional e intelectual. Silvio Frondizi foi o único que teve algumas horas de homenagem no hall da universidade, lembra? Bandeiras de organizações políticas de todos os matizes. O amontoado de flores sobre o caixão. Logo apareceu o caminhão do Exército e levou tudo. Ficamos nós, escondidos na sala do piano, atrás das cortinas". Riram da lembrança. Gallego pensou que faltava pouco para o nascimento do filho. Como ficaria a vida deles? O companheiro Max não sabia. Também ele queria ter outra vida. Gallego guardou o troco. Num guardanapo de papel, rabiscava as figuras geométricas que aprendera na escola quando menino. Gallego, Petiza, Max: todos eram procurados pela polícia e tinham o rosto impresso em cartazes espalhados pela cidade. Não podiam ter uma vida como a de todo mundo.

Anos depois, quando a polícia cercou a casinha onde viviam, Gallego e Petiza se apressaram em entregar a filha pequena a um dos vizinhos. Gallego ouviu uma voz ordenar que ele e a mulher saíssem, estavam sitiados. A menina entregue, Petiza correu para os fundos da casa segurando a .9 milímetros que estava sempre com ela. Pulou a cerca e tentou chegar à avenida. Desesperou-se ao ver a barreira de homens uniformizados e armados cortando o caminho. Caiu sob uma saraivada de tiros. Vizinhos acudiram. Duas patrolas invadiram o terreno, revirando a terra e os pertences da família. Não queriam deixar rastro daquela gente.

1967 | Nos porões do direito

No final dos anos 50, os *points* jovens em Porto Alegre eram a rua da Praia e os bailes da Reitoria.

Indo pelos anos 60 eu já militava, e os ideais femininos da época passavam longe das minhas preferências. Os bailes da Reitoria, mesmo sendo unanimidade na minha geração, não exerciam o mesmo fascínio sobre mim. Os namorados que me interessavam estavam no meio militante. Ali a abordagem parecia fácil, mas escondia enredos ardilosos. Eram pessoas mais complexas. Da Europa veio a ideia do amor livre, termo pomposo para romper as barreiras da culpa.

Foi quando comecei a namorar o Flávio. Era a época da Guerra dos Seis Dias e dos dissidentes comunistas europeus — uma época de moços desassossegados. Os porões da faculdade de direito, domínio dos estudantes, recebiam todas as correntes de pensamento. Entre os participantes, Beth Lobo, Marco Aurélio, Flávio, Jefferson Barros,

Pilla Vares, Heloisa, Marcão, Nelson da UIE.* Era lá que aconteciam os cursos de cinema do Jefferson, sempre lotados. O Jefferson era outro que vivia enfurnado no debate de ideias. Muitos se juntaram ao movimento contra a ditadura, outros seguiram suas carreiras acadêmicas.

Na Escola de Jornalismo da faculdade de filosofia da UFRGS, com Sergius, já fazíamos os primeiros murais a partir dos conceitos do livro *The Family of Man* – presente do meu primo Paulo Pilla –, que combinava fotos com texto. João Cabral de Melo Neto e Thiago de Mello eram os poetas que pareciam nos expressar melhor. Nem bem eram montados, nossos murais já provocavam uma aglomeração. Todos queriam ler, ver a novidade.

1970 | A sala de Myriam Muniz

Em São Paulo, os primeiros militantes a chegar, vindos de vários lugares do país, foram alojados em pensões. A minha ficava ao lado da casa da atriz Myriam Muniz. A sala de estar da casa dela à noite se transformava num dormitório de perseguidos. Meses depois, tive que deixar o país a caminho do exílio. "Vai, Rodrigo, dá um beijo nela, que quando ela voltar você já será um homem." O garotinho de olhos claros obedeceu à mãe. No

* União Internacional dos Estudantes

rádio o locutor anunciava a vitória eleitoral de Salvador Allende. Olhei para a sala da casa com ar de última vez e saí.

"*A aeronave da British Airways está no solo.*" Era o meu voo. Ouvi o aviso enquanto passeava inquieta pelo aeroporto em obras. Com o coração aos saltos, cruzei o controle de passaportes. Não fui barrada, meu nome ainda não chegara ali. Respirei uma grande golfada de ar. Ao ocupar minha poltrona no avião, tinha as mãos tão crispadas que as unhas marcavam as palmas. Não conseguia respirar, a ameaça estava ali, suspensa no ar. Mesmo no meio do oceano, horas mais tarde, ela não ia embora. E demorou a passar. Foram mais de vinte anos de exílio e oito de divã.

Eu queria conseguir ler as parcas informações provenientes de meu vizinho no avião. Cabelo loiro curto, volumoso perto das orelhas, óculos pequenos, redondos, fisionomia inexpressiva. Seria um policial? Não, não era, mas eu não tinha certeza.

A chegada a Paris foi um caos. Não descemos em Orly, e já passava da meia-noite, não havia viva alma no aeroporto. Só os passageiros da British Airways. Quando me desvencilhei dos corredores, das escadas rolantes e portas, vi a grande saída envidraçada do aeroporto. E lá estava meu companheiro de viagem, com suas largas passadas, quase atravessando a porta. Concentrei todas as minhas forças numa corrida desesperada, tentando alcançá-lo. Cheguei ao lado dele no momento em que a porta se abria. Não sei o que falei, mas ele parou bruscamente e dedicou sua atenção a me ouvir. Confusamente, eu disse que estava sem dinheiro, não falava francês e perdera o encontro com meu namorado, a única pessoa que conhecia na cidade. Foi então que observei seu olhar suave.

Marco Antonio era jornalista. Colega de trabalho de minha amiga Heloisa, ele caminharia conosco pelas ruas do Quartier Latin semanas mais tarde, quando Richard Nixon participou de uma das conferências que culminariam nos Acordos de Paz de Paris, de 1973, uma das etapas importantes no fim da guerra do Vietnã. Foi no dia em que militantes trotskistas franceses jogaram um balde de tinta amarela no general Cao Ky, do Vietnã do Sul, quando ele saía da catedral de Notre Dame.

1970 | *Easy Rider*

O encontro com Emílio era nos Jardins, caminhando entre duas ruas. Do ônibus eu já havia visto o cara, segurando uma grande folha de papel que ia endireitando para lá e para cá. Chamou minha atenção. Parecia olhar um mapa. Pensei nisso porque era o que eu fazia quando folheava um atlas. Já na rua, cruzei com ele vindo da esquina para onde eu me dirigia. Tudo nele chamava minha atenção: a calça de veludo cotelê marrom, a camisa branca, a bota com um zíper na lateral. Emílio ainda não chegara, voltei sobre meus passos. Como ele tardava, cruzei várias vezes com o estranho. Eu queria dizer alguma coisa a ele. De cabeça baixa, ele parou e encostou um dos ombros no muro ocre. Postada na frente dele, emendei a pergunta, se esperava Emílio. O olhar que me devolveu era menos de curiosidade que de surpresa. Girei os calcanhares para manter-me ao lado dele. E assim, caminhando juntos, permanecemos no local mais de quinze minutos – limite máximo de espera nos pontos de encontro.

Enquanto tecíamos uma substância entre nós, sem dar-nos conta fomos saindo daquelas ruas e nos aproximando da subida da Augusta. Quando cruzamos o último semáforo, ouvi um "Vamos ao cinema amanhã?". Concordei e, estonteada pela novidade, apertei o passo na direção da Consolação. Já havia caminhado um bocado quando o comerciante de uma loja me fez sinal para que parasse porque alguém queria falar comigo. Olhei para trás: o estranho subia a rua quase correndo, gesticulando. Numa mistura de respiração e sons guturais, ouvi-o perguntar onde, em que horário, e todas as coisas corriqueiras relativas a um encontro. Paramos debaixo de uma penca de bules de plástico. Que tal *Easy Rider*?

Acertados os detalhes, virei com ânsia para a

lomba da Augusta, regurgitando fregueses àquela hora. O coração fazia força para não sair pela boca.

1971 | Rue des Blancs-Manteaux, Marais, Paris

Não havia elevador. Era preciso subir sete andares pelos degraus mais altos que eu já vira. Quando minha amiga abriu a porta, eu mal conseguia respirar. Entrei e me joguei na poltrona no meio da sala. A primeira coisa que vi foi o chuveiro num canto. Era uma peça inimaginável para nós, brasileiros: um box de chuveiro que andava pela casa. Uma coluna plantada verticalmente ligava os dois componentes da ducha: o chuveiro e a sua base, uma espécie de bacia quadrada, com uns quinze centímetros de profundidade. E isso tudo estava conectado à água por mangueiras de metal atarraxadas a torneiras. Uma cortina de plástico translúcido contornava a ducha. O móvel podia ser arrastado pelo ambiente, até o limite do comprimento das mangueiras. Logo adiante, a janela se abria de par em par sobre os telhados e as muitas chaminés da Rue des Blancs-Manteaux.

Do mercadinho vietnamita da esquina de minha casa, subia o perfume agridoce do pato laqueado. Ali eu comprava o vinho Gamay que bebia com meus amigos. O velhinho de olhos amendoados e óculos redondos resmungava numa língua estranha. O mercadinho exalava um cheiro de coentro misturado com umidade de porão.

Em São Paulo, a Oban* havia ido à casa de Heloisa e detido os moradores. Alguns dias depois, nós duas resolvemos sair do país. A decisão de viajar para a França foi tomada debaixo dos grandes plátanos vizinhos ao cemitério da Consolação. Misturamos todos os sentimentos da perda numa sublime torta de amêndoas que devoramos ali mesmo.

Chegamos a Paris para morar, ela no Marais, eu no 18º arrondissement, na Rue Esclangon, perto do metrô Porte de Clignancourt.

Gostávamos de nos encontrar na sacada das lojas Samaritaine, um prédio *art nouveau* com uma vista da cidade à altura do voo dos pássaros.

1975 | Miolo nosso de cada dia

Antes do café da manhã as presas iam para o ateliê de trabalhos manuais. As peças produzidas ali eram transformadas pelas organizações de familiares em dinheiro para nossas necessidades. Aprendíamos vários pontos de bordado. Para as comemorações religiosas, confeccionávamos com miolo de pão dezenas de tartaruguinhas pinceladas com uma mistura de cola e tinta de cor chamativa. Desde os primeiros dias o miolo

* Operação Bandeirantes

de pão foi nossa matéria-prima. Três pãezinhos para cada uma. Sovado com um pingo d'água e depois com cola líquida ficava parecendo uma porcelana tosca.

Outras presas com mais habilidade e paciência elaboravam verdadeiras rendas nos pedaços de osso de costela recuperados da nossa comida. Com um prego, limavam o osso até que ficasse vazado em arabescos, contornos de flores e folhas. O sangramento dos dedos era inevitável naquele vaivém do prego. O polimento com um pingo de creme dental dava às peças um ar de marfim. Atadas com tiras feitas em pequenos teares de pregos utilizando fios retirados das toalhas de banho, as "joias" de osso se transformavam em braceletes.

1975 | O poder de uma rabanada

Pensamos em comemorar nosso primeiro ano em Olmos com comida. A preparação começou meses antes. Não lembro se houve eleição, o fato é que a rabanada sempre estava no topo das preferências. Formamos grupos; cada um providenciava os ingredientes de uma etapa do prato. Na primeira fase, com a participação de todas, fomos recolhendo a gordura da carne que vinha nas refeições. A graxa de carne de gado foi lavada muitas vezes, até perder a coloração laranja e o sabor dos molhos feitos com tomate. Não sei como, no verão portenho, toda aquela gordura não estragou. Da ração das crianças de colo, foi retirado um tanto de leite em pó.

Na véspera do festejo havia aglomeração de presas ao redor do pequeno fogareiro onde preparavam as mamadeiras dos bebês. Num prato de metal – uma raridade – eram derretidos os pedaços amarelados da gordura animal. Quem sabe cheirasse mal... O fato é que aquela graxa derretida nos trazia lembranças de cozinhas deixadas para trás, de mães de avental segurando colheres de madeira. As fatias de pão saíam dos pratos com leite em pó e açúcar para aquele *Ersatz* de frigideira. Uma receita sem ovo. Nunca mais achei que rabanada precisasse de ovo. O cheiro da fritura do leite com açúcar iluminava o rosto de cada uma. Colocada nos pratos da mesa da ceia, a rabanada ainda chiava. Arrastamos o banco de madeira para que todas sentassem à mesa.

O início da refeição teve a solenidade dos eventos raros. Cada bocado era acompanhado por olhos brilhantes que iam de uma ponta a outra da mesa, percorrendo a cela, buscando as memórias da vida de antes. Eu quase havia perdido essas lembranças, quase podia dizer que nunca haviam existido.

Naquela noite os guardas ficaram colados à grade, assistindo a nossos festejos. Às nove da noite apagaram as luzes, como sempre faziam. Abraçadas aos lençóis de tecido grosseiro, esperando o sono chegar, já sonhávamos com a vida lá fora.

1977 | Luis Buñuel, Studio 28

Desde meus primeiros dias como moradora de Montmartre, convivi com a rocambolesca história que cercou a exibição do filme *L'Âge d'Or*, de Buñuel, pivô do atentado ao Studio 28, a tradicional sala de cinema do bairro. Quem me contou foi um célebre policial do mundo da ficção.

Sujeito intratável, ríspido com seus comandados, Hercule Poirot* tinha o péssimo hábito de fazer seus subordinados trabalharem nos minúsculos e insolúveis problemas de seus mil e um inquéritos policiais. Sua única alegria era sentar-se naquela mesa de bar para ler, escrever e montar os quebra-cabeças do ofício. No bar Saint John, numa mesa encostada à vidraça, Poirot passava o sábado olhando as dezenas de pés que cruzavam a Place des Abbesses. Mas não gostava disso. Preferia passar o sábado nas plumas do acolchoado de Florence. Acontece que desde que entrara para a polícia estava com pouco tempo para a namorada. Para ele, apesar de tudo, as horas passadas no Saint John eram uma espécie de compensação. Nas tardes de

* Detetive ficcional criado por Agatha Christie.

sábado, o bar parecia um cantinho qualquer da França provinciana, a França das feiras de camponeses com cara vermelha de vinho, tamancos fazendo *ploc ploc* no cimento. Depois saía à cata de sabão de azeite de oliva, o mais provençal dos hábitos que ainda conservava. Ali perto, na Rue des Abbesses, uma loja jeitosa oferecia os mistérios provençais, até mesmo os tecidos de cores berrantes e desenhos delicados.

Poirot aproveitava a caminhada para olhar os cartazes do Studio 28, sala quimérica de sua cinefilia. Infelizmente, não tinha idade para ter estado na estreia tumultuada de *L'Âge d'Or*, com a escandalosa cena erótica da heroína chupando com lascívia o dedo da estátua. Poirot imaginava facilmente a fúria crescendo a cada cena e o ronco surdo da multidão, que culminou no quebra-quebra da sala e nos tiros de tinta na tela, nas paredes e nos assentos. Don Luis Buñuel era um irrecuperável debochado. Até o fim falou mal da Igreja e dos padres, dos bons costumes burgueses e das moças virgens.

Ofegante da subida e dos pensamentos, Poirot dobrou a esquina da Rue Tholozé. Desceu até a padaria e entrou. Depois da costumeira chuva de saudações, pediu sua *poire Belle Hélène*. Poirot era um cliente com regalias: o doce só é servido em restaurantes. Mesmo assim, saiu com a majestosa sobremesa equilibrada numa taça alta: a pera macia, coberta com sorvete de baunilha e uma calda espessa de chocolate amargo. Atônito com a própria ousadia, o policial foi sentar-se na praça em frente. Descansou a taça no banco, guardou os óculos e, apertando os lábios gulosos, engoliu pausadamente, junto com o doce, a frustração de ter chegado atrasado à História.

1982 | Madame Merlini. Rue d'Orsel

A Rue d'Orsel faz parte do emaranhado de ruas que sobe por Montmartre em direção à Basílica do Sacré Cœur. O número 54, minha casa em Paris quando cheguei da prisão argentina, era um prédio malcuidado, pintado de um branco duvidoso e descascado.

Defronte a minha porta vivia Mme Merlini, uma senhora com mais de oitenta anos. A Montmartre de sua juventude era diferente do bairro dos artistas e letrados da década de 80. Era o bairro dos operários das máquinas a vapor. Com um cesto de roupa suja nos braços, ela subia a Rue des Martyrs, enveredava mais acima em diagonal pela Rue Ravignan e chegava ao amplo tanque onde, nas poucas horas livres, as mulheres lavavam a roupa das famílias. Mme Merlini e suas vizinhas trabalhavam na indústria têxtil, tinham jornadas de catorze horas. Ela, marido e filhos viviam num apartamento pequeno, de quarto e cozinha. O banheiro ficava fora do apartamento, no corredor do prédio: uma privada turca, sem banheira nem ducha.

Quando eu dizia que ela ainda podia conhecer a cidade, passear por Paris, ela insinuava um sorriso mostrando alguns dentes escuros e em mau estado. Balançava a cabeça, recusando. Para ela, Paris era o Bateau Lavoir, as ruas des Martyrs e d'Orsel. Seria preciso mais?

No fim da vida, sozinha, Mme Merlini esvoaçava nas brumas da senilidade enquanto os vizinhos ansiosos procuravam no ar sinais do cheiro de gás que às vezes ela esquecia de fechar.

1970 | Parc des Princes

Em plena ditadura militar, 1970 foi um ano de Copa do Mundo de futebol. Em São Paulo, os edifícios da rua da Consolação exibiam bandeirinhas auriverdes. Bandeiras e gritos. Os ares patrioteiros eram exigidos de todos. A maioria obedecia.

As autoridades autoconstituídas diziam ter descoberto um grupo de guerrilha no Araguaia. Às vezes um cortejo de carros da polícia e do Exército descia aquela rua com as sirenes ligadas, anunciando o enterro de um policial. A imprensa livre não se apressava em dar a notícia inconveniente.

Nos dias de jogo o som da televisão tomava o lugar das pessoas nas ruas. O ar era irrespirável no país do futebol. De boca a orelha chegavam as notícias da tortura, dos primeiros mortos. O delegado Fleury começava sua carreira de torturador. Os militantes corriam para o exílio.

Coisa de exilados em Paris, muitos foram ao jogo da Seleção Brasileira no estádio Parc des Princes, o "Maracanã" deles. Coisa de militantes, fomos também, para desfraldar uma enorme bandeira anunciando que o Brasil – campeão do mundo de futebol – era o campeão do mundo da tortura.

1984 | O armário alsaciano

Conheci Renée quando comecei a trabalhar na cooperativa Italiques. Na época ela morava na République, numa rua de comerciantes.

Nos fins de semana, fazíamos longas caminhadas pelos bairros menos óbvios.

No verão, era raro sairmos da cidade, que se tornava cinzenta e malcheirosa.

No começo passávamos as tardes de sábado no parque Buttes-Chaumont. Muito depois é que veio o Marais, as demoradas e perdidas caminhadas pelas ruas daquele lugar cheirando a mofo e história. Sagrados eram os instantes do faláfel, a famosa iguaria do bairro judeu de Paris. Costumávamos sentar nas mesinhas da calçada e ali nos traziam os bolinhos com chá servido à maneira russa: em belos copos de cristal com suportes de prata.

Minha amiga vivia um drama: em lugar da cruz que todos carregam na vida, ela carregava um armário alsaciano, herança da avó. Era um desses grandes armários que só cabem em casarões antigos, com pé-direito alto e paredes amplas. Era de madeira maciça, sem pintura. Nas longas caminhadas com Renée, o espaço da conversa era para sua Alsácia natal: o armário da avó e o Gewürztraminer, vinho dourado, cheirando a flores e cachos de uva.

A vida de Renée estava sempre de pernas para o ar por causa do tal armário, que era preciso carregar no muque. Quando se mudava, minha amiga contratava os braços de operários musculosos que se encarregavam do sobe e desce pelas escadarias dos prédios. Naquela época, elevador era um luxo descabido em Paris.

Um casamento mudou essa rotina. Durante muito tempo minha amiga e sua herança viveram na paz do mesmo lugar. Mas chegou o dia da separação, e com ele o de uma nova mudança do grande móvel. Foram contratados os carregadores, uns africanos esguios que levantaram o armário alsaciano como se fosse uma leve palhoça e iniciaram o trajeto escada abaixo. Um chinelo de palha virou e todos resvalaram juntos, pés e joelhos nos degraus desiguais. O móvel voou por cima do corrimão da escada como uma panqueca e se espatifou com estrondo no andar inferior.

Embaixo, os restos do armário exalavam um perfume de flores e cachos de uva.

1981 | Torre Eiffel

Para a mãe, minha militância é que tinha matado o pai de estresse. Fiquei aturdida. Não sabia como ordenar os argumentos para tirar de sua cabeça ideia tão bárbara. Era um dia de passeio pela Torre Eiffel. O bairro ao redor era vistoso, com suas casas burguesas, árvores grandes e frondosas, grama crescendo pelos espaços livres.

Quase em silêncio, tomamos o elevador para subir ao topo da torre. Naquele momento não havia turistas. Sozinha com ela no elevador, o diálogo veio difícil. Falei que pensar o que ela pensava criava discórdia entre nós, uma atmosfera de culpa, e que isso era o que a ditadura queria: dividir, separar do convívio os diferentes. Disse que o pai tinha morrido porque estava doente e que a medicina não conseguira mudar esse fato. Aos 58 anos, ele dava a impressão de já não querer viver. Para a mãe, foi uma perda tão devastadora que ela necessitava de uma explicação. Eu olhava para ela impotente. Ela baixou a cabeça, fungou, passou um lenço pelos olhos. O elevador parou e as portas se abriram para uma paisagem incrível. Naquele andar havia uma parede de vidro. Sobre a mão que apoiei instintivamente no parapeito, senti a mão dela, pequenina, quente. Olhei de esguelha para ela. O belo sorriso, marca da mãe, estava lá estampado. Então ela disse que eu tinha razão e iniciamos a descida de volta ao solo.

1963 | Marcha pelos Direitos Civis

A imponente voz de contralto de Marian Anderson subiu num fá sustenido, deixando-nos arrepiados. Na sala, finalizado o recital da cantora, a televisão mostrava Martin Luther King dirigindo-se à multidão, em Washington, na esplanada defronte ao Capitólio. Na sala da família Wagner (a família americana que me hospedou durante o ano escolar 1963-64) havia um silêncio quase religioso por causa do discurso do líder negro.

Quando desembarquei em Cincinnati para passar um ano escolar em Walnut Hills, não tinha como adivinhar todas as mudanças que me esperavam naquelas terras. Na transmissão ao vivo da marcha em Washington pelos direitos civis, um outro país começava a nascer e surgiam as primeiras notas da minha politização. Lá, naquele tempo, os ônibus públicos se dividiam em duas alas, uma para os negros, outra para os brancos. Cincinnati era uma capital do Meio-Oeste, vibrante de cultura e de aversão aos negros.

O namoro com Ashley logo engrenou. As aulas pouco tinham a ver com nossos gostos e leituras. Passeávamos por Mount Adams, o centro do movimento beatnik. Sentado numa poltrona ao lado de uma grande mesa, alguém lia *A Coney Island of the Mind*, o livro de poemas de Lawrence Ferlinghetti, um parque de diversões da mente. No bar onde estávamos, um lugar com luz escassa, alguns casais se formavam aqui e ali. As paredes pálidas estavam cobertas de quadros abstratos. Nos fundos da casa, um pianista cantava "Blowin' in the Wind", esquecido de todos. (Quantos anos se passariam até alguém ouvir aquela voz solitária?)

Naquele lugar estava o mundo que mudava, mas havia outros. No início dos anos 60, em Cincinnati, era Mount Adams; em Nova York, o Harlem; e em Paris, o Quartier Latin.

Quando voltei a San Francisco, anos depois, lá estava a City Lights, livraria de Ferlinghetti, abarrotada dos quadros de que tanto gostávamos em Cincinatti. Na capa de um LP, a visão familiar do rosto graúdo de Marian Anderson atraiu imediatamente minha atenção. A mesma fotografia do disco que o pai comprara na Casa Victor, aqui na rua da Praia.

1975 | Pouca comida

Ela chegava com um sorriso no canto da boca, a senhora Benson, funcionária da prisão de Olmos. Era a responsável pela correspondência das presas. Recolhia as cartas que saíam e entregava as que chegavam. Cabelos grisalhos curtos arrumados em mechas, era uma mulher atraente e dissimulada.

Criamos o hábito de numerar nossas cartas para controlar se todas eram entregues. Talvez por isso, por espírito de revide, ela um dia me disse que dali em diante deveria escrever em espanhol. A correspondência era censurada somente para os condenados pela Justiça. Não era o nosso caso, pois nem sequer havíamos sido levadas à presença do juiz. Era o estado de sítio a suprimir as garantias individuais.

No dia seguinte, na carta número 52, devidamente escrita em espanhol, eu contava ao Paulo, meu companheiro preso na Unidad 9, de La Plata, banalidades do pavilhão: de como nosso coral de vozes era ampliado pelo eco do vasto banheiro no fim do corredor. Com o eco, o coral parecia um conjunto de instrumentos musicais, e não de vozes humanas. O ensaio terminava com a chegada dos panelões do almoço. Saindo de Veneza, que era como chamávamos aquele banheiro eternamente alagado, as presas sentavam-se à mesa para o menu de polenta com verduras cozidas e molho de tomate.

Mas a perfumada comida não era suficiente para alimentar as noventa e três presas do nosso pavilhão, por mais que nos esforçássemos para dividir as porções irmãmente. Chamamos a oficial de turno, que por milagre atendeu ao nosso chamado. Depois de ouvir-nos, ela conversou com a delegada através da grade que separava o pavilhão da guarda. Assim que tomou conhecimento da reclamação, a policial se virou e foi até o alto da escadaria para pedir, falando alto, um regulamento. Quando se aproximou novamente das grades, já folheava o livrinho com certa impaciência.

"Escutem bem, não vou repetir: 'a alimentação dos presos deve ser magra'."

As presas se amontoavam para melhor ouvir.

Lido o regulamento, ninguém mais prestava atenção em nossos protestos. Nada mudaria. Com ar de quem estava perdendo seu tempo, a mulher fechou o regulamento e, empurrando as outras funcionárias, desceu com elas as escadas num tropel de solas e saltos.

1974 | O ano de todos os perigos

QUARTA-FEIRA, 31 DE JULHO, 22H30

O advogado, militante e deputado peronista Rodolfo Ortega Peña, 38 anos, entra no táxi estacionado na frente da pizzaria da Calle Riobamba, no centro de Buenos Aires. Helena, sua companheira, é a primeira a se acomodar no banco de trás. Logo eles chegam ao destino, mas ao descer do táxi são interceptados pelo automóvel do matador. Ortega Peña cai na calçada metralhado no rosto. Sabiam que vestia colete à prova de balas. Os passantes fogem apavorados.

SEXTA-FEIRA, 27 DE SETEMBRO, 14H
Em largas passadas, o advogado e professor universitário Silvio Frondizi, 67 anos, cruza o pequeno corredor do apartamento para atender ao chamado da campainha. Silvio vê a mão que o agarra pelos cabelos, não vê o rosto coberto do agressor. Vindos do fundo do apartamento, ouve os gritos da esposa. Idoso, alto e magro, ele é facilmente dominado pelos oito homens camuflados: as armas fazem o resto. Silvio Frondizi é arrastado pelo grupo. O genro que sai em sua defesa é baleado ali mesmo. O trânsito da Calle Cangallo, em pleno centro de Buenos Aires, está interrompido pelos famigerados Ford Falcon, automóveis dos paramilitares, a repressão clandestina. Os pedestres espreitam da esquina, despudorados, o sequestro do professor, militante do PRT e advogado de presos políticos. Pouco depois, Arturo Frondizi, ex-presidente argentino, reconhecia o corpo do irmão, deformado por cinquenta e dois tiros.

Trinta e cinco anos depois, em 2009, Rodolfo Almirón Sena, um dos chefes da organização paramilitar Alianza Anticomunista Argentina, a Triple A, sentou-se no banco dos réus.

2011 | Rodolfo Walsh, um argentino da Patagônia

A censura da imprensa, a perseguição a intelectuais, a invasão da minha casa no Tigre, o assassinato de amigos queridos e a perda de uma filha que morreu combatendo vocês são alguns dos fatos que me obrigam a recorrer a esta forma de expressão clandestina depois de ter opinado como jornalista e escritor durante quase trinta anos.

O primeiro aniversário dessa Junta Militar me levou a fazer um balanço da ação governamental baseado em documentos e discursos oficiais, onde o que vocês chamam de acertos são erros, o que reconhecem como erros são crimes e o que omitem são calamidades.

Rodolfo Walsh
C.I. 2845022
Buenos Aires, 24 de março de 1977

A carta dirigida à junta de Videla levou, poucas horas depois, ao sequestro e à morte do jornalista e escritor Rodolfo Walsh.

Sobrevivientes que vieron su cuerpo en la Escuela Mecánica de la Armada cuentan que su torso estaba casi cortado en diagonal por la ferocidad de los impactos. Esa noche, el grupo de tareas des-

*truyó la casa de San Vicente y robó todo lo que había en su interior.**

Walsh nasceu na Patagônia argentina, lugar mítico, palco de muitas resistências, até mesmo de um encontro do escritor Jorge Luis Borges com a morte, imaginado pelo desenhista Fontanarrosa. Rodolfo gostava de literatura policial e do jornalismo feito no calor dos acontecimentos.

Episódios assombrosos perseguiram a memória dos argentinos. Com a ajuda de sobreviventes, Walsh reconstituiu os acontecimentos tal como ocorreram e não como foram contados. Escreveu páginas memoráveis da história da sua gente.

Sua morte, no entanto, ainda está cercada de mistério: 1977, o ano em que morreu, já era uma época sem os sobreviventes que poderiam restabelecer os fatos.

1976-77 | Presos jogados vivos de aviões

O oficial da marinha argentina Adolfo Scilingo confessou ter pessoalmente despido e depois jo-

* "Sobreviventes que viram o corpo dele na Escola de Mecânica da Armada contam que seu tronco estava quase seccionado na diagonal devido à ferocidade dos tiros. Naquela noite, o grupo-tarefa destruiu a casa de San Vicente e roubou tudo o que havia lá dentro." (Trecho do depoimento de Lilia Ferreyra, mulher e companheira de Walsh, publicado em 27/10/2005 no *El País*.)

gado de aviões presos políticos drogados. Arrependido, tentou justificar-se alegando insanidade mental. Foi condenado à prisão perpétua por crimes contra a humanidade.

> Entre 1500 e 3000 pessoas foram secretamente massacradas depois que vocês proibiram toda e qualquer informação sobre a descoberta de cadáveres que em alguns casos, apesar da proibição, transcenderam por afetar outros países, por sua magnitude genocida ou pelo espanto provocado em suas próprias fileiras. Vinte e cinco corpos mutilados apareceram entre março e outubro de 1976 nas costas uruguaias, restos talvez dos carregamentos de torturados mortos na Escola de Mecânica da Armada e escondidos no rio da Prata em navios dessa arma.

Fragmento da "Carta aberta de um escritor à Junta Militar"

Rodolfo Walsh, 24 de março de 1977

1976 | Revista em Olmos

Na escadaria que vinha do pátio ouviam-se muitas vozes, o som dos coturnos batendo no piso de lajotas. Havia uma tensão especial naqueles ruídos. Ficamos alertas. As portas de grade que permitiam o acesso ao corredor do pavilhão das presas foram abertas e todas saímos das celas ainda mornas de sono. Empertigados ao lado das celas, homens de uniforme seguravam cães policiais. Alguém ordenou que fôssemos para o pátio, passando pelos guardas e os animais. O som das botas contra as lajotas do piso recebia o reforço dos corações amedrontados. A descida durou pouco. Dos janelões da escada, víamos as presas dos outros pavilhões ocupando o pátio como manchas coloridas. Mas foi apenas quando sentimos a luz do sol na grande área lajeada é que nos demos conta de que havia militares armados nos telhados. Saber que se tratava de intimidação não aliviava o medo. Nunca avisavam o que fariam conosco.

Quando retornamos às celas, lençóis e colchões estavam espalhados pelo corredor, livros e jornais deixavam um rastro de páginas soltas, a erva-mate que saía dos sacos despedaçados formava um rego no piso. O cheiro acre dos animais pairava no ar. Quase em silêncio, dispusemos as mesas para o almoço na parte limpa do corredor.

Quando os panelões chegaram, o perfume do manjericão que subia do *puchero* anunciava o presente das presas "comuns" às companheiras menos afortunadas.

Vizinhos assim são raros.

1983 | Le Houdon

O Houdon é um bar próximo ao Boulevard Pigalle, em Paris, que ganhou fama depois que reuniu uma penca de argelinos diante da TV durante uma Copa do Mundo de futebol. As ruas silenciosas estremeciam com a gritaria dos homens. Ninguém entendia o que eles diziam.

Quando a noite despontava, o Houdon era o nosso destino preferido. As janelas laterais do bar viviam trancadas. Respirávamos a fumaça dos cigarros baratos fumados ali. Naquelas mesas eu lia, escrevia cartas, encontrava os amigos. Não me apetecia ficar na minha casa de 32 metros quadrados. No verão, e somente no verão, o dono espalhava algumas mesas na calçada estreita.

Mas a maior atração do Houdon era aquele povo que se acotovelava no balcão e no pebolim. Jerôme, um amigo designer, não perdia um gesto sequer de certa mulher – segundo ele, o ser mais feio do mundo – que só chegava depois que o bar despejava alguns clientes para a calçada. Ela devia medir um metro e meio, tinha um corpo redondo, irregular, cabelo gorduroso preso na nuca. Com os cotovelos dobrados feito pequenas asas de galinha, abria caminho até o balcão. Talvez imitando alguma cena de filme, levantava o braço para apoiá-lo na fórmica verde-clara, mas invariavelmente seu cotovelo escorregava, e quando isso acontecia sua cabeça sacolejava como se tivesse levado um coice. Usava óculos fundo de garrafa que não a favoreciam nem um pouco, aumentando seus olhos empapuçados sob o peso de sobrancelhas peludas. A luz esverdeada do Houdon só reforçava a impressão desagradável do conjunto.

A um canto, um grupo de homens dedicava sua atenção à televisão, sentados na borda da cadeira para melhor escutar. Nesse momento, o dono do bar, sem a menor cerimônia, de repente esticava o braço e *clic!*, mudava o canal, e os homens ficavam lá, de boca aberta, suspensos em alguma emoção, chacoalhando a cabeça de um lado para o outro. Pareciam não entender nada: nem a atitude do dono do bar nem aquele país. Mas não reclamavam. Continuavam submissos à vontade do francês. O dono, valendo-se do status de imigrantes dos clientes, obrigava todo mundo a beber mais uma rodada de cafezinho.

No bar, a gritaria chega ao auge e uma voz esganiçada avisa que está na hora. Todos se apinham na porta espichando os pescoços para a Rue des Abbesses. Já se ouvem os chinelos de salto alto batendo na calçada. Dois travestis esguios, arrastando saias de tecido transparente, corpo empertigado, passam diante da porta lotada do Houdon como se toda aquela curiosidade não existisse. Rostos angulosos, narizes aquilinos, a raiz dos cabelos começando na metade do crânio. Uma espessa maquiagem dá profundidade aos olhares dirigidos aos clientes do bar. Muito tempo depois de os travestis sumirem na esquina da Rue des Martyrs, os clientes, como animais no cio, ainda se amontoam na porta, focinhos empinados, respirando o perfume deles. Então a voz grave do dono anuncia o fechamento das portas – "*On ferme, on ferme!*". Baldes de água são jogados nas lajotas do chão. As cadeiras são rapidamente emborcadas sobre as mesas. Com o mesmo vigor, os clientes são enxotados como insetos incômodos. No Houdon, o expediente está encerrado.

Meia-noite: moradores mergulham nas bocas escuras do subterrâneo cujas portas batem com estrondo. A porta da estação Place des Abbesses do metrô é fechada, anunciando a passagem do último trem. Com Jerôme e Jean-Luc, inicio a subida das escadarias de Montmartre, rumo ao ateliê de um extraordinário artista catalão. Ele pinta sóis, estrelas, arabescos em cores fortes. Juan Miró enxuga os dedos como pincéis esticados. Na mesa, os potinhos de Ginebra nos aguardam.

1960 | Avenida Bento Gonçalves

Enquanto o bonde não vinha, era possível admirar a alameda de entrada da chácara. No fim do parreiral, uma escadaria em semicírculo conduzia ao alpendre e daí à porta de vidro e madeira. Era uma casa verde, janelas pintadas de vermelho-escuro, uma feiura para os desacostumados ao gosto dos imigrantes de nossa cidade. O bonde seguia por entre chácaras amarelas, rosadas, brancas. Portas e janelas brincavam de cores. Pátios e jardins misturados, alguns com taquarais, como o da casa dos avós, na Vicente da Fontoura com a Bento. Naqueles terrenos onde a Bento encontrava a João Pessoa, as paineiras subiam eretas, com seus vestidos de flores rosadas, quase solferinas. Nas tardes de ventania, os vestidos das paineiras se esvaíam por todos os lados. Dálias, rosas e copos-de-leite formavam arabescos nos pátios de terra batida. Era comum fazer canteiros empilhando a terra em faixas largas. Dos bordes caíam tristes alguns chumaços de grama verde-escura. As hortênsias queriam o encosto da casa, da parede caiada. Então se entregavam ao calor cheio de sombra das manhãs de verão. Dormiam com as pétalas azuis e rosas olhando o céu. Não perfumavam. Elas vêm com o cheiro da mãe, da casa do Partenon.

Muito tempo antes, houve o despejo do Grupo Escolar Octavio Rocha. Faltou pagarem os aluguéis. A senhoria ficou olhando do alto da sua janela a saída dos caloteiros. Fomos todos para um colégio no meio do mato, passando a igreja São Jorge. A nova escola, azul-celeste, era de madeira, as salas abrindo para o alpendre em volta. O chão de madeira era áspero.

Agora a escola ficava longe de casa. Tomava-se o bonde até o fim da linha e depois seguia-se a pé pelo capinzal dos terrenos baldios. Todos viam aquela revoada de crianças com seus guarda-pós brancos. O medo dos outros ainda não tinha sido inventado.

1975 | Chegando a Olmos

O veículo de transporte de presos freou e todas fomos arremessadas contra as estreitas divisórias de metal que separavam as presas umas das outras no interior. Com um ruído seco, cada porta se abriu e vimos o corredor apertado onde as presas se acotovelavam. Quando saímos, a luz do sol bateu em nossos rostos arrancando alguns gemidos.

Fomos direto do caminhão para um corredor molhado. A atmosfera do lugar era fria. Na porta, uma mulher de pequena estatura, cabelo preso na nuca, entregava a cada uma um volume de tecido grosseiro e cor clara. Era uma camisola larga de algodão cru dobrada de modo a formar um retângulo; em cima, um sabão comum de lavar roupa. Olhávamos umas para as outras em silêncio. Vínhamos da sede da Polícia Federal de Buenos Aires, algumas com hematomas no rosto, o olhar amedrontado fixo no chão, o som ainda vivo dos gritos dos torturadores.

Uma mulher de guarda-pó branco empertigou-se diante do grupo de recém-chegadas e disse, com voz pausada e dura, que estávamos na unidade carcerária de Olmos, na província de Buenos Aires, e que a partir daquele momento esse seria nosso local de detenção. Avançamos, enfileiradas, mantendo aquela estranha formação quase militar, por um corredor estreito de lajes encharcadas. O som abafado de bocejos e tosses foi vencido por uma sineta estridente soando no interior, acompanhada de uma voz anunciando o almoço. Devíamos ir para outro pavilhão. O grupo compacto de presas cruzou o pátio de cimento num *flaque flaque* de solas, subiu apressadamente a escadaria e foi se desfazendo ao deixar cada uma de nós em cadeiras em redor da mesa.

Mais tarde, aquela foi a noite de todos os pesadelos. E da comida mais inesquecível, a primeira refeição desde o momento da prisão: o sabor do *puchero* nacional que nos serviram naquele dia, as travessas esmaltadas grandes, retangulares, os pratos de plástico grosseiro, o perfume de alfavaca suspenso no ar.

Nós, quase felizes.

1957 | Broas de polvilho para viagem

Era uma família numerosa. Nortistas, comentavam na rua, vindos do Recife. Alugaram a casa ao lado da nossa, com seu grande pé de acácia-mimosa na entrada. O pai era um militar transferido para o Sul. Sofriam muito nos nossos invernos polares. Dona Laís, a matriarca, era uma mulher imponente, professora. Dirigia a família com mão de ferro, *pero* carinhosa. Interessavam-nos os três filhos, nossos parceiros de brincadeiras: Marcila, Ceuci e Lamar. Foram nossos inseparáveis companheiros de infância.

Dona Laís gostava de visitar parentes em Minas dos Ratos. Preparativos escandalosos precediam as viagens, com muito pão caseiro saindo do forno a lenha, biscoitos e cucas – ela aprendera como ninguém as receitas de cuca dos alemães da serra. Naquele ano ela escolhera fazer broas, broinhas de polvilho, um manjar delicado que desmanchava na boca. A escolha fora acompanhada de uma trabalheira para toda a família. A mãe de dona Laís, as irmãs e até as crianças entraram na roda. Dia e noite era um tal de sovar a massa das broas, fazer as bolinhas, arrumar nas assadeiras quantas coubessem. Um entra e sai de assadeiras no forno.

Dona Laís quebrou a cabeça para encontrar onde guardar as broinhas recém-assadas. Trouxe o grande tacho do galpãozinho, esfregou, areou, deixou o zinco reluzente e nele foi juntando os biscoitinhos. Muita lenha foi gasta na obra, muitas braçadas para alimentar o fogaréu. Dois, três dias trabalhando na pequena cozinha, quando chegou o momento da viagem. Depois do almoço, empoleiradas no pé de acácia, perfumadas pelas pluminhas amarelas, eu e minha irmã vimos chegar o carro de praça do ponto do Cinema Brasil. Vinha buscar a família. Escutamos o alarido, os pés batendo apressados nas tábuas do assoalho. Depois da correria, saíram as meninas, depois, pela ordem, o pai, a mãe de dona Laís e as duas irmãs dela. Da cozinha, dona Laís comandava a ocupação do automóvel estacionado no cordão da calçada. Berrava o nome do filho que, descendo da grande árvore de mimosas, enfiou as sandálias sem se preocupar em fechar as fivelas. Assim, mancando, foi diretamente para a cozinha atender aos gritos da mãe. Pouco depois, dona Laís se postava do lado de fora da porta para assistir à passagem do menino trazendo na cabeça o grande tacho com as broinhas de polvilho. Ela falava sem descanso, e Lamar já chegava vergado pelo peso da carga. Vinha mordendo os lábios de tão nervoso. A mãe abria os braços, suspirava, o menino equilibrava as perninhas magras nas sandálias soltas nos pés. No piso da entrada da casa, alguns ladrilhos frouxos balançavam para lá e para cá. O tacho se desprendeu das mãos da criança, empinou para a copa das acácias, desceu em direção aos ladrilhos e esparramou no ar uma generosa onda de broinhas brancas e perfumadas. Quando o tacho bateu no chão, não havia uma broa sequer dentro dele.

Lamar, de olhos fechados, levantou do tombo, voltou a subir no pé de acácias e se enfiou encolhido no meio de uma cachopa de flores. O tempo foi passando, o dono do táxi se impacientou, a família apinhada no automóvel também dava mostras de impaciência. Dona Laís não queria deixar tudo assim, as broas espalhadas pelo chão, o tacho emborcado no barranco. O que mais lhe doía era o moleque longe do seu chinelo. Mas o pessoal do táxi começou a pedir que andasse logo.

Então, baixando o olhar decepcionado para o tapete de broas, dona Laís ainda teve tempo de ver seu menino de calças curtas bater as asas brancas como a farinha de polvilho e rumar para o Norte, de onde nunca deveriam ter saído.

1950 | Tobias Barreto no inverno

Ao lado da janela de duas folhas, a pia de esmalte se apoiava em dois suportes fixados na parede. As paredes de escaiola não alcançavam o teto de madeira, e o piso era de ladrilho hidráulico com retângulos pretos, cinzas e brancos formando um desenho. No centro do aposento havia uma mesa com abas que podiam ser abertas, ampliando o comprimento do móvel. Até o irmão crescer, a mãe mantinha os tampos fechados para formar uma pequena mesa quadrada. Ela resumia a família. Os melhores momentos daquele lugar eram os domingos de inverno, no café matinal.

Enquanto a casa despertava, o pai se atarefava naquele cômodo preparando uma travessa de *bruschettas*. Eram fatias de um pão de quarto de quilo cobertas com queijo e salame finamente cortados. Antes de chegarmos à mesa, a travessa mergulhava na boca do forno e só retornava quando bolhas anunciavam o derretimento do queijo. O perfume corria pela casa fria, apressando os retardatários. Sentadas à mesa, a mãe, a irmã e eu nem bem nos acostumávamos com o intenso perfume da travessa e o pai já depositava no descanso de sisal o bule fumegante de café.

Ninguém ia à missa lá em casa. O pai não via a religião com bons olhos. Para ele, apenas um padre tinha salvação: aquele que cuidava da adega da igreja Santo Antônio. O padre não-sei-o-quê da adega abria a porta enorme para o primeiro cliente, “Seu Pilla, vamos entrando, tem um vermutezinho especial para o senhor”. O canecão de estanho ficava com ele; o pai bebia as provas em cálices de cristal transparente e já ia separando as garrafas de vinho, de vermute, garrafas de vidro verde-escuro, de mais de um litro, fechadas rusticamente com rolha e cera, como faziam na colônia. Ao lado dos altos tonéis de carvalho, o pai e o padre provavam todas as cores de vinho, mais um conhaque que faziam ali. O pai só saía da adega com um balaio cheio de garrafas tilintantes. O padre vinha então: “Seu Pilla, muita saúde”, e os dois iam aos tropicões, também por causa do piso irregular, fechar as grandes folhas da porta da adega.

A mãe ralhava com o pai na hora da mesa. Não gostava de tanta garrafa junta. Ele, feliz, servia nossas taças com um líquido bordô, para termos a cor rosada da saúde estampada nas bochechas. No alto do morro, os sinos da igreja chamavam para a última missa da manhã — enquanto na casa do seu Pilla a macarronada ia do fogão para a mesa.

Era mais um dia do Senhor.

1950 | Bonde Partenon

Ônibus quase não havia. Andava-se em bonde ou lotação. Como todo mundo, o pai trabalhava no centro. Eu gostava de voltar com ele para casa. Em vez de bonde, a gente tomava lotação. Os lotações eram automóveis antigos, cheirando a estofamento velho. Mas o melhor mesmo era a festa para os olhos na fila que se formava ao lado das bancas do Mercado onde se vendia mais ou menos tudo o que havia para comprar em Porto Alegre naquele tempo.

O pai ia equilibrando um pacotinho com queijos e salames e a *Folha da Tarde* em rolinho. Às sextas, o pai levava um presente para a mãe, uma ópera da Casa Victor. Era um ato de amor entre eles: depois da janta os dois ficavam na sala ouvindo a música. Gostavam tanto que a mãe acompanhava a cantora com sua voz de contralto. Uma voz linda, afinada. Do quarto a gente ficava imaginando aquela grandiosidade toda, os cantores imponentes e gordos, a orquestra apinhada, os veludos do palco.

No dia seguinte, em vez do lotação do pai, eu voltava para casa num bonde lotado. Demorava a chegar, mas tinha suas vantagens. O perfume das moendas de café do caminho, a gurizada tentando subir no estribo do bonde andando, o ruído estridente das rodas trincando em certos cruzamentos de trilho. O vaivém do bonde-gaiola balançando. Era só fechar os olhos para imaginar um barco solto nas ondas.

1975 | Quanto pesa uma melancia

Tudo começou como uma conversa inocente na cela, passando rapidamente para o corredor do pavilhão e dali entrando nas celas vizinhas, dividindo opiniões, criando obstinadas facções. Não demorou, e era uma disputa raivosa sobre o peso das melancias. Mary dizia que as de *su pueblo* pesavam vinte quilos. Ninguém acreditava. Podiam ser até maiores, ela ameaçava, voz embargada.

Pesar uma melancia foi uma de minhas primeiras iniciativas ao deixar a prisão. Vinte e cinco quilos, pesava uma daquelas rajadas no meu primeiro verão em Porto Alegre. Na mesma noite escrevi a minha amiga contando a novidade. Queria compensar suas lágrimas sentidas nos bate-bocas dos dois anos de detenção. Dois anos em que fiquei em cima do muro, sem tomar partido naquele que era o grande debate em Olmos e, depois, também em Devoto.

A cidade de San Jose de Feliciano era a grande estrela de nossas conversas em Olmos e em Devoto, com suas melancias de vinte quilos e o cinema de Dom Jaime, onde à noite todos iam assistir às fitas que ele trazia da capital paraguaia.

Dom Jaime gostava das histórias picantes das aventuras amorosas, gostava também dos filmes de mocinho e bandido tão em voga no estrangeiro. Mas as que lhe davam mais gosto eram as da Paixão de Cristo, apreciadas na semana da Páscoa. Era quando, afundado em sua poltrona de tecido adamascado, Dom Jaime se refestelava vendo as paisagens do mar Morto, tão secas, os homens e as mulheres vestidos com panos longos, os diálogos cheios de poesia. Para a ocasião, Dom Jaime preparava um sanduíche de queijo fresco, lentamente degustado durante o espetáculo. Quando sobrava dinheiro, mandava buscar uma copa de vinho de Mendoza. Nem bem chegava a taça com o líquido cor de amoras, Dom Jaime apertava o sifão para fazer borbulhas e aumentar a bebida.

1975 | Mary Mendes

Mary Mendes, de San Jose de Feliciano, segurou meu braço quando entrei na cela e disse solene: "*Mañana te irás*". Tempos antes ela previra em sonho a saída de uma presa. Fiquei embasbacada na porta da cela: ainda não tivera tempo de anunciar a boa-nova trazida pela mãe na visita daquele dia. "*Cómo lo sabés?*" "*Una corazonada*", retrucou ela, os olhos brilhando. Fiquei passada. *La* Mary Mendes tinha mesmo um dom. E eu gostava muito dela, que conhecera havia pouco em Olmos. Sentiria muita saudade do seu jeito espalhafatoso, defendendo uma razão que quase nunca tinha, especialmente quando jogávamos Scrabble, o jogo de construir palavras. Mary tinha um dicionário próprio, com escrita e significado que somente ela conhecia e que levava nós todas ao delírio. No paroxismo da disputa, balançava a cabeleira negra de índia e repetia a sentença de seu conterrâneo do cinema: "*Es así y se acabó*".

A sala de cinema de San Jose tinha um dono com manhas. Além de dono, Don Jaime era o único funcionário da casa. Vendia as entradas, projetava a película e espinafrava a gurizada. Quando as crianças gritavam, batiam os pés no chão e assobiavam, ele suspendia a projeção, enfiava a cabeça pela janela da salinha onde estava o projetor e berrava: "*Si chiflan, cierro y se acabó*".

Ele não queria assobios. Sem o filme e sem o dinheiro de volta, a plateia de San Jose cresceu apaziguada. Domada, numa palavra.

Na manhã seguinte, a Polícia Federal de Buenos Aires se livrou, num voo da Lufthansa, de três presos estrangeiros expulsos do país: Paulo, eu e um paraguaio. Fomos entregues algemados ao comandante do avião diante dos passageiros. Quando o avião embicou para o espaço, ganhamos dos funcionários cervejas alemãs e coloridos canapés de boas-vindas.

1959 | As varas de marmelo da Tobias

Nosso vizinho, o general João Alves, tinha casa e família grandes. Dona Maria, a mulher, tocava piano. Nem bem soavam as notas, nos precipitávamos para a escadinha da porta dos fundos, rente à parede do salão do piano. Como gostávamos de música lá em casa! O vizinho, general aposentado, homem cioso da moral e dos bons costumes, nunca deixou de passar para o nosso lado da cerca um feixe de varas de marmelo, utilizadas lá em casa para completar nossa educação.

No jardim da casa do general, espremido entre a casa e a calçada, crescia um coqueiro. Numas férias de inverno, quando todas as crianças brincavam na rua, o fogo começou a lamber a árvore. Enlouquecemos, dançando na calçada feito os índios do cinema americano. Todas as crianças gritavam, cantavam, chacoalhavam seus brinquedos no ar, sentando-se em seguida nos murinhos e calçadas. Uma mãe saiu dos fundos de casa e se jogou sobre os filhos sentados no cordão da calçada. Eles foram presas fáceis da mulher fora de si. Levados pelas orelhas, sumiram atrás da casa.

Um horrível cheiro de querosene já inundava a rua. Outras mães apareceram, olhos esbugalhados. A minha chegou agitando a vara de marmelo nas nossas canelas. Aquilo doía demais. A gritaria retumbava nos patamares, era ensurdecedora: a criançada em carreira desabalada rua abaixo, o coqueiro queimando. Zaíra, a filha mais nova do general, jogava restos de querosene no tronco da planta.

À tardinha, quando o pai chegou do trabalho, um pequeno rolo de fumaça ainda saía da árvore. Naquela noite as varas de marmelo do general prepararam para a vida as crianças da nossa rua.

1984 | Veneza. Cidreira

Nonno, o veneziano de pele escura e cabelos grisalhos, sentou-se na borda da mesa para me contar que ali, na praia do Lido, viveu um vendedor de vinhos de sobrenome Pilla. Era da cidade ao lado, Treviso, e contava os eventos fabulosos ocorridos com sua família. Falava de um lugar distante aonde chegaram, abençoados, num navio. Era uma costa ventosa com extensas dunas de areia, vento forte, mar agitado de cor barrenta. Aquele seria o lar deles dali pra frente. No navio já trouxeram numerosas tábuas de carvalho e ferramentas com que fazer um galpão para abrigar a todos. Passaram cal branca nas paredes da casa e acharam que ficaria bonito pintar de verde-escuro o friso da madeira que fazia de marco para os tampos de correr das janelas. Com o tempo, o grande aposento do galpão foi recebendo repartições que nunca chegariam ao teto. Acabou com catorze quartos e uma espécie de mezanino gigante na entrada, sobre a saletinha onde minhas tias colocaram um sofá de vime e um aparador com flores de papel.

Em Veneza, na praia do Lido, ninguém mais se lembra do tal vendedor de vinho.

Sobre a autora

Nasci no Hospital Beneficência Portuguesa, numa manhã de inverno de 1946. Pouco depois, minha família foi morar na rua Tobias Barreto, no bairro Partenon, em Porto Alegre.

Meus primeiros estudos foram no Grupo Escolar Octavio Rocha; cursei o ginásio no Instituto de Educação e o científico no Colégio Estadual Júlio de Castilhos, todas escolas públicas. Tive uma infância movimentada, com as crianças da nossa rua e as da rua Paissandu, ao lado, descobrindo as bicicletas de duas rodas e os carrinhos de lomba, e passando das brincadeiras de esconder às reuniões-dançantes nas casas de família.

Na conclusão do penúltimo ano do ensino médio, candidatei-me a uma bolsa do American Field Service, que obtive. Fui para os Estados Unidos em 1963. Concluí o colegial na escola de Walnut Hills, em Cincinnati, Ohio, onde estava quando ocorreram o assassinato do presidente Kennedy e o golpe militar de 64 no Brasil.

Ao voltar, passei no vestibular da UFRGS e entrei no curso de jornalismo, onde estive até sair do país. No início de meu primeiro semestre na faculdade, ingressei no Partido Comunista Brasileiro e logo depois na Dissidência do RS, que se formava. Em seguida, participei da fundação do Partido Operário Comunista, o POC.

Em 1970 minhas atividades militantes clandestinas me obrigaram a sair de Porto Alegre e depois de São Paulo. Fui para a França, onde passei a militar na IV Internacional. Da França, fui para a Argentina militar no Partido Revolucionário de los Trabajadores. Em 1975 fui presa em Buenos Aires e torturada pela Polícia Federal argentina.

Estive pouco mais de dois anos detida nas prisões de Olmos, na província, e de Villa Devoto, na cidade de Buenos Aires. Como estrangeira, ao ser libertada da prisão, no início de 1978, fui expulsa da Argentina para a França por ter recebido o asilo do governo francês. Residi e trabalhei em Paris por mais de quinze anos.

Depois de vinte e dois anos de exílio, voltei para o Brasil em junho de 1992, bem a tempo de assistir à deposição de um presidente em praça pública.

FOTO DA CAPA Jean-Luc Daniel
FOTOS DO MIOLO Acervo da autora

Projeto realizado com o apoio do Governo do Estado de São Paulo, Secretaria da Cultura, Programa de Ação Cultural 2015.

COORDENAÇÃO EDITORIAL Heloisa Jahn
PREPARAÇÃO Beatriz Antunes
REVISÃO Cecília Floresta e Débora Donadel
PROJETO GRÁFICO Thiago Lacaz
PRODUÇÃO GRÁFICA Aline Valli

Nesta edição, respeitou-se o novo Acordo Ortográfico da Língua Portuguesa.

Dados Internacionais de Catalogação na Publicação (CIP)

Pilla, Maria [1946-]
Volto semana que vem: Maria Pilla
São Paulo: Cosac Naify, 2015
96 pp.

ISBN 978-85-405-0918-4

1. Ficção brasileira I. Título

CDD-869.93

Índices para catálogo sistemático:
1. Literatura brasileira 869.93

COSAC NAIFY
rua General Jardim, 770, 2º andar
01223-010 São Paulo SP
cosacnaify.com.br [11] 3218 1444
atendimento ao professor [11] 3218 1473
professor@cosacnaify.com.br

FONTE Amalia Pro e Apercu
PAPEL Pólen bold 90 g/m²
IMPRESSÃO Loyola

FSC
www.fsc.org
MISTO
Papel produzido a partir de fontes responsáveis
FSC® C008008

A marca FSC® é a garantia de que a madeira utilizada na fabricação do papel deste livro provém de florestas que foram gerenciadas de maneira ambientalmente correta, socialmente justa e economicamente viável, além de outras fontes de origem controlada.